一匹马走进酒吧

A HORSE
WALKS INTO
A BAR

〔以〕大卫·格罗斯曼 著

张琼 译

人民文学出版社
PEOPLE'S LITERATURE PUBLISHING HOUSE

著作权合同登记号　图字 01-2017-6828

David Grossman
A Horse Walks Into A Bar
Copyright © 2014 by David Grossman
Published by arrangement with The Deborah Harris Agency,
through The Grayhawk Agency.

图书在版编目(CIP)数据

一匹马走进酒吧 /(以)大卫·格罗斯曼著；张琼译.
—北京：人民文学出版社，2017
（大卫·格罗斯曼作品系列）
ISBN 978-7-02-013461-8

Ⅰ.①—…　Ⅱ.①大…　②张…　Ⅲ.①长篇小说-以
色列-现代　Ⅳ.①I382.45

中国版本图书馆 CIP 数据核字(2017)第 255180 号

责任编辑　甘　慧　何家炜　邰莉莉
装帧设计　钱　珺

出版发行　**人民文学出版社**
社　　址　**北京市朝内大街 166 号**
邮　　编　**100705**
网　　址　**http://www.rw-cn.com**

印　　刷　**上海盛通时代印刷有限公司**
经　　销　**全国新华书店等**

字　　数　**126 千字**
开　　本　**890×1240 毫米　1/32**
印　　张　**6.25**
插　　页　**5**
版　　次　**2018 年 3 月北京第 1 版**
印　　次　**2018 年 3 月第 1 次印刷**

书　　号　**978-7-02-013461-8**
定　　价　**42.00 元**

如有印装质量问题，请与本社图书销售中心调换。电话：010-65233595

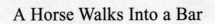

A Horse Walks Into a Bar

"晚上好！晚上好！庄严的恺——撒——利——亚①——全城晚上好！"

舞台上空无一人，滚滚雷声般的吼叫声在左右两侧间回响。观众渐渐安静下来，满怀期待地咧嘴笑着。一位矮个子、瘦削、戴眼镜的男人被人从侧门踢出来似的，趔趄着上了舞台。他蹒跚几步，跌跌踩踩，两手往木地板上一撑，臀部猛地往上一翘。四下观众席上传来散乱的笑声和掌声。人们还在鱼贯进入夜总会，一边高声闲聊。"女士们先生们！"一位站在灯光控制台边的男人开口了，此人一副谨言慎行的模样。"掌声有请杜瓦雷·G！"台上的男子依然猴子般蹲伏着，大大的眼镜框斜架在鼻子上。他慢慢转过脸来，不眨眼地一直盯着众人。

"哦，等一下，"他咕哝着，"这里不是恺撒利亚，对吧？"一阵笑声。他慢慢直起身子，拍拍手上的灰尘，"经纪人好像又在耍我了。"有几位观众喊出声来，他惊愕地瞪着他们："你们说啥？又来了？您，第七桌的，没错，换了新嘴唇模样棒极了，真的。"

---

① 以色列著名的罗马时代古城遗址。

1

那女人咯咯笑起来，一只手捂住嘴巴。表演者站到舞台边缘，身子轻轻地前后晃动。"严肃点儿，亲爱的，您刚才的确说过内坦亚①？"他睁大了眼睛，眼珠子简直布满了整块眼镜片："先得说清楚，您确实是坐在这里，而且很肯定，千真万确，我此时此刻真的是在内坦亚，而且连防弹衣都没穿吗？"他双手交叠放在裆部，一副恐慌表情。众人笑着高喊，有几个人还吹起口哨来。又有几对人从容地漫步进来，身后还跟着一群吵吵嚷嚷的年轻男子，这些人貌似正在休假的军人。小小夜总会挤满了人。熟人们相互打着招呼。三个穿着热裤和霓虹紫吊带背心的女招待从厨房里出来，走到不同的桌子旁。

"听着，红唇，"他朝着第七桌的女人微笑，"我还没说完呢，咱继续聊。我的意思是，您像个漂亮正经的年轻淑女，说真的，您一定拥有独创的时尚感，如果我对您的迷人发型没有判断错的话，发型师一定是——先让我猜猜，发型师一定是那个设计圣殿山清真寺和迪莫纳核反应堆的吧？"观众席爆发出笑声。"假如我没说错，我还发现从您那里隐约地散发出大堆钞票的味道。我是猜对了呢，还是猜对了呢？呃？有一点点对？不对？根本不对？我这么问是因为我还察觉到了大剂量的肉毒杆菌，更别提过度缩胸了。假如您要问我的话，那个外科医生真该剁手的。"

那女人胳膊交叉抱住身体，把脸埋了起来，从手指缝间发出开心的尖叫声。那男人一边说话，一边迅速地从舞台一侧走到另一侧，双手相互搓着，目光扫过观众。他穿着舞台专用的牛仔靴，

---

① 以色列一城市，在恺撒利亚以南。

2

脚跟移动时会发出清脆的啪啪声。"我一直很想弄明白，亲爱的，"他高声说道，眼睛并没朝那女人看，"像您这样聪明的女人怎么会没想到，对别人说这话时得小心谨慎、明智而周到呢。您不能打耳光般告诉对方'你是在内坦亚'。啪！您这是咋的了？您得让人有点儿心理准备，尤其对方还这么瘦弱。"他拉起自己褪色的T恤，全场一片惊愕。"瞧见没？"他冲着坐在舞台两侧方向的众人，一把裸露出自己的胸脯，咧着嘴笑道，"看见了吗？皮包骨头。基本上都是软骨。我对天发誓，如果我是一匹马，我就得去炼骨胶了，各位懂我的意思吧？"众人报以尴尬的笑声和厌恶的呵呵声。"姐啊，我的意思是，"他又转向那女人，"下一次，您要是想对人说这样的话，就得斟字酌句，先得麻痹对方，老天呐，得让他麻木迟钝了。您得柔声迷惑他的耳朵，就像这样：恭喜你，杜瓦雷，哦，最英俊的男人呐，你赢了！你被选中在海岸平原上参加一项特殊实验，不会很久，九十分钟而已，最多两个小时，据说这是此地人均无风险曝光的最长可允许时限。"

观众大笑，那男人露出吃惊的表情。"你们干吗傻笑啊？那笑话就是在说你们自己！"他们笑得更厉害了。"等一下，我得把话说清楚，难道没人告诉你们，你们只是开场观众，之后我们才让正式观众入场？"口哨声、哄堂大笑，还有几处传来了嘘声，有人朝桌子嘭嘭地砸拳头，不过大多数人都被逗乐了。高挑、瘦长的一对走进来，前额上都耷拉着柔软的金色刘海。这是一对年轻男女，也许两个都是男的，身穿亮色的黑衣，胳膊下夹着摩托车头盔。台上的男人瞥了他们一眼，微微蹙起眉头。

他迅速移动身子，每隔几分钟就飞快地出拳，像是在和无形

3

的对手搏击，虚晃一下，如骁勇的拳击手般敏捷。观众就爱看这种表演。他一只手遮住眼睛，一边扫视幽暗的全场。

我就是他要找的那个人。

"伙计们，当着各位的面，我敢摸着良心对大伙发誓，我爱内坦亚，没错，热爱！是吧？""是的！"一些年轻的观众喊起来。"我会告诉大家自己是怎么来到这里的，就是星期四晚上，和你们一起来到了这片迷人的工业区，不光如此，而且是来到一间地下室，差不多就要撞上那了不得的氢矿了，还一边插科打诨逗你们乐，是吧？""是的！"观众们高声回应。"错，"那人肯定地说道，还乐颠颠地搓手。"我这都是胡说八道，胡闹罢了。我得实话实说，我可受不了这城市，我可得摆脱内坦亚这堆垃圾。大街上人人都像是证人保护计划的目标，而剩下的那些人想把对方用黑色塑料袋套起来塞进车子的后备厢。相信我，要不是我得养着三个漂亮女人和一、二、三、四、五，五个孩子，算算看，五个呐，我对上帝发誓，今晚站在你们面前的可是史上第一个患产后抑郁症的男人啊。五次啊！实际上是四次，因为其中有一对是双胞胎。但其实还是五次，假如你算上我自己出生后抑郁的那次。可这一大堆破事最后让你得了好处，我亲爱的内坦亚，因为要不是为了我那些个长乳牙的吸血鬼，我才不干呢，绝不！今晚我得从约阿夫这里赚这区区七百五十谢克尔，他可是不费吹灰之力，还一点儿不领情呢。好吧，开始吧，朋友们，我最最亲爱的人们，让我们尽情欢乐吧！把房顶掀翻了！让我们掌声欢迎内坦亚女王！"

观众鼓起掌来，这一反转让他们略感疑惑，不过他们还是被他热情的呐喊和亲切明朗的笑容感染着，他的情绪发生了彻底转变。方才备受折磨、揶揄的苦涩消失了，仿佛镜头闪光灯一亮，就换成了轻声细语、睿智文雅的姿态，令人难以想象此人刚刚还在不停地吐槽。

他显然很享受自己造成的这番困惑。他像指南针似的用一只脚做轴心，身体慢慢绕着转起来，一圈转完，他扭曲着脸，又露出一副苦相："我得宣布一则令人兴奋的消息，内坦亚。你们不会相信自己会这么走运，可是今天，八月二十日，恰恰是我的生日。谢谢，谢谢大家，你们太善良了。"他谦卑地鞠躬。"是的，没错，五十七年前的今天，世界变得更糟糕了一些。谢谢你们，亲爱的。"他昂首阔步走过舞台，做出用扇子往脸上扇风的动作，可手里什么都没有。"你们真好，真的，大家不用这样，我受之有愧，离开时记得往盒子里扔支票，是现金的话表演结束后放在我胸口就行，假如你们带了性爱赠券，现在就直接上来好了。"

一些人朝他举杯致意。有几对人吵吵嚷嚷地走进来，男人们一边走一边鼓掌，这些人在靠近吧台的几张桌子旁坐下。他们挥手向他打招呼，女人们还喊着他的名字。他眯着眼看看他们，像是眼睛近视、看不清楚似的也挥手示意。他一次次转向房间后部我桌子的方向。从他走上舞台的那一刻起，他就一直想与我对视。但是我不能直视他，我不喜欢这里的氛围。我不喜欢他呼吸的空气。

"这里有超过五十七岁的吗？"有几只手举了起来。他看看这些人，敬畏地点点头。"真了不起，内坦亚！这可是了不得的岁数啊！在这种地方活到这年纪可不容易，是吧？约阿夫，把聚光灯照向观众，让大家瞧瞧。女士，我说的是五十七岁，不是七十五

5

岁……等一下，各位，一个一个来，够杜瓦雷忙的。没错，四号桌，您刚才说啥来着？您马上也五十七岁了？五十八？天呐！够狡猾的！您超前啦！什么时候，刚才您说的？明天？生日快乐！您叫什么名字来着，先生？什么？再说一遍？尤——尤莱？开玩笑吧？该死的，伙计，您父母太亏待您了，呃？"

那个叫尤莱的男人开心地笑着。体态丰满的老婆倚着他，抚摸着他的光头。

"伙计，您旁边的那位女士，那个在您脑袋上指点江山的，是尤莱夫人吧？坚强点儿，老兄，我是说，您也许希望'尤莱'是最后一击，是吧？您才三岁就意识到父母对您做了什么。"——他慢慢地沿着舞台走动，一边拉着一个无形的小提琴，"那时您独自坐在托儿所的角落里，嚼着妈妈放在您午餐盒里的生洋葱，一边看着其他孩子一起玩耍，您对自己说：打起精神，尤莱，重挫不会一而再。意料之外！还真的一而再了！晚上好，尤莱夫人！告诉我，亲爱的，您能否透露给大家，既然彼此都是朋友嘛，告诉我们您为丈夫这特殊的日子准备了什么了不得的惊喜呢？听着，我看着您，就能确切知道您这会儿脑子里想的是啥：'因为今天是你的生日，亲爱的尤莱，今晚我就答应你，不过看你胆敢对我做一九八六年七月十日你图谋的事情！'"观众哄堂大笑，包括那位女士在内，她都要笑岔气了，笑得脸都变了形。"实话告诉我，尤莱夫人，"他放低声音耳语道，"这话就我俩知道，您真的认为这项链和链子能遮盖住下巴吗？不，说真的，难道您没觉得不公平吗，在全民节衣缩食的日子里，尤其是以色列的众多年轻夫妇勉强只能保住一层下巴，"他拍了拍自己回缩的下巴，样子像是受到

6

惊吓的啮齿动物，"而您居然能轻松愉快地就伸出两层——不，等一下，三层呢！女士，光是甲状腺肿的皮肤就足够做一整排**占领特拉维夫**运动①参与者的新帐篷了！"

一片稀稀拉拉的笑声。那位女士也挤出了笑。

"顺便说一句，关于内坦亚，既然我们正在讨论经济理论问题，此刻我要强调一下，以免有人怀疑我的立场，我支持资本市场的全面改革。"他停顿住，上气不接下气的样子，双手撑在臀部，哼了一声。"我是个天才，告诉你们，嘴里跑出来的话连我自己都不懂。听好了，至少在刚才的十分钟里我一直坚信，要完全根据纳税者的体重来纳税，纳肉体税！"他又朝我的方向瞥了过来，这次眼神停了一会儿，好像很警觉，企图从我这里辨认出他记忆中那个憔悴小男孩的样子。"大家说，还有比这更公平的事情吗？这是世上最合理的事情了！"他又拉起了T恤，这一次他将T恤慢慢卷上去，做出诱惑人的样子，向我们袒露了凹陷的腹部，上面还有一条横亘的疤痕，他的胸部很狭窄，肋骨吓人地凸起，皮肤起皱，还有斑斑点点的溃疡。"可以根据下巴来征收，就像我们前面所说的，不过我觉得咱们可以采取纳税等级制。"他的T恤依然卷得很高，有些人不忍直视，其他人则转开视线，轻轻地吹着口哨。面对这些反应，他毫不掩盖自己的兴奋和得意。"我要求征收递进肉体税！可以根据腰腹部赘肉、大肚腩、臀部、大腿、女性脂肪团、男性丰乳以及女人手臂下晃荡的'掰掰肉'来计算！我这种办法的好处在于不存在欺骗和误解：一旦体重增长，

---

① 以色列民众抗议生活费用飞涨的社会活动，首次发生于 2011 年夏天。

7

就多缴税！"他的 T 恤终于落了下来。"不过说实话，我至今想不明白，为何要从制造财富的人民那里征税，这里的逻辑是什么？听着，内坦亚，听仔细了：国家应该只向有理由相信是快乐的公民那里征税。那些能发出由衷微笑，那些年轻、健康、乐观的人，那些能在大白天吹口哨、晚上有性生活的人。那些人才是唯一应该纳税的傻子，他们才应该被剥夺所拥有的一切！"

大多数观众都赞同地鼓起掌来，只有几个人，基本都是年轻一些的，嘟起嘴唇发出了嘘声。他用一块巨大的马戏团小丑用的红色手帕擦了擦前额和脸颊的汗，任双方尽情地争执一会儿。同时，他恢复了呼吸，眯起眼睛，又朝我望了望，直盯着我的眼睛。就在此时，我们俩之间撞击出一道火光，但愿其他人没有察觉。你来了，他的眼神这样说着。瞧瞧时间都对我们做了什么，现在我就在你面前，别可怜我。

他又迅速转开眼神，抬起手示意观众安静下来。"说什么？我听不清楚，说得再响点儿，第九桌的！没错，不过我先得请你解释一下你是怎么做的，因为我怎么都想不明白。你这是什么意思，要干什么？就是你把两边眉头蹙起来的样子！不，坦诚点儿，告诉我们，你是怎么把一条眉毛和另一条连起来的？他们在新兵训练营教你的？"他停顿了一下，接着又说开了，"说到吓唬人，我父亲可是个强硬派修正主义者，他极度崇拜亚博廷斯基——放尊重一点儿！"有几桌上传来了挑衅的鼓掌声，于是他轻蔑地挥着手，"行啊，第九桌的，说话啊，别躲回去，冲着我来啊。什么？不，我可没开玩笑，加格梅尔，确实是我生日。就在此刻，不早也不迟，就在耶路撒冷的老哈达萨医院，我母亲萨拉·格林斯坦分娩了！真是令人难以置信，是吧？一个声称把最好的都给我的女人，却把我生了下来！我的意思是，想想有多少审判、牢狱、调查和系列犯罪都是因为谋杀而起，可是我还从没听说有一件案子是关于分娩的！从来没有关于预谋分娩、过失分娩、意外分娩的案子，甚至没有煽动性分娩的案子！可别忘了我们是在谈论一桩罪行，而受害者就是小孩！"他把风扇进了自己张大的嘴巴，好像要窒息的样子。"这里有法官吗，有律师吗？"

我缩着身子坐在椅子里。可别让他一直盯着我。幸好，一旁有三对男女向他示意。原来是那些新学院里学法律的学生。"滚出去！"他厉声吼叫着，声音很可怕，一边挥舞手臂，踢腿，观众朝他们吹口哨，喝倒彩。"死亡天使，"他喘息着大笑，"走到一位律师跟前，对他说时辰到了。那位律师便开始哭号：'可我才四十岁啊！'死亡天使说：'不是按可计费时间算。'"他猛击一拳，又来了个大转体。那些学生比其他人笑得更厉害。

"说到我母亲，"他的脸变得严肃起来，"各位听好了，陪审团的女士们先生们，此事极为重要。有谣传，这只是小道消息，说当他们把刚生下的我抱给她看时，她露出了微笑，甚至可能是开心的微笑。怎么可能，听我说！这完全是诽谤！"观众笑了。这个男人突然双膝跪在了舞台边缘，不停鞠躬点头。"原谅我，妈妈，我搞砸了，我背叛了您，为了搞笑我把您都给卖了。我卖笑为生，没法子呀……"他跃起身，好像有些晕眩，身子趔趄着。"说实话，不开玩笑，她真是世上最美的母亲，我对天发誓，实为罕见，蓝色的大眼睛。"——他张开了双手手指，我也想起他小时候那对闪亮、纯净的蓝眼睛——"而且她也是世上最疯癫、最忧伤的人。"

一滴眼泪落了下来，他嘴角上扬，露出微笑。"她就是这样的人，这也是我们的命运，我并非要抱怨，我老爸也接受了，真的。"他停下来，使劲抓着头两侧的头发。"嗯……稍等一下，我还有话要说……没错！他是个了不起的理发师，给我理发的时候他都不收钱的，尽管这违背了他的准则。"

他又瞥瞥我，看我有没有笑。可是我没笑，连假装都不愿意。我要了一杯啤酒和一杯伏特加淡饮。他刚才说啥来着？你得麻木些才能熬过去。

麻木？我真正需要的是全身麻醉。

他又恢复了之前兴奋地冲来跑去的状态，仿佛在自我激励。一道聚光从上面打下来照着他，身旁跟随着颤动的阴影。他的动作在身后墙上巨大的铜瓮曲面上投射暗影，那暗影还挺怪异，延迟了一会儿才出现。铜瓮可能是此前演某一部戏时遗留下来的。

"说到我的出生，内坦亚，就让我们好好说说这次宇宙大事件吧，因为我，这会儿我先不说，等我在娱乐业达到巅峰，成了家喻户晓的性象征……"他停下来，嘴巴大张着点头，等人们先笑够了。"不，我是说黄金时代的我，在我开创历史的起点，当我还是孩子时。那时候，我被彻底搞砸了。他们把所有的电线缠绕着放在我的脑子里，弄得一团糟，你们不会相信我当时有多怪诞。不，真的，"他微笑着，"再来点儿笑声，内坦亚？你们真想笑吗？"接着他责怪起自己来："真是个愚蠢的问题！噢嚯！这可是脱口秀表演！你们还是没领会？真笨！"他啪一声重重地拍打着自己的脑门。"他们到这里就为了这个！他们是过来笑你的！是吧，伙计们？"

这一下子可令人尴尬了，那记拍打。真是令人意料不到的暴力，阴郁的、截然不搭调的氛围出现了，全场陷入沉默。有人发出了牙齿咬硬糖的嘎嘣声，那声音在整个夜总会回荡。他干吗坚持要我过来？他做得不错，干吗要雇我来暖场？我疑惑着。

"我给大家讲个故事，"他大声说着，好像方才那记拍打从未发生过，就当他的额头也没有由白转红，眼镜也没有被扭弯。"有一次，我那时十二岁上下，决定要去弄个明白，自己出生前九个月到底发生了什么，以至于我爸爸会被撩拨得那么兴奋，居然和我妈颠鸾倒凤。这会儿你们该明白了吧，除了我之外，还没有其他证据能证明我爸裤裆里能火山爆发。我倒不是说他不爱我妈。说真的，他自打清早睁开眼睛那一刻起，到上床睡觉，无非是在货栈、轻骑、零件、破布、拉链、各种劳什子堆里游手好闲，你们就假装听明白了我在说啥，好吗？这个城市真棒，内坦亚，很棒的城市，总之就是在废物堆里混，对男人而言，比生计更重要，比一切都重要的，就是撩女人。他就想让她对自己笑，并轻抚自己的脑袋：好乖，真乖。有些男人会给心上人写诗，是吧？"没错，"有些人答道，依然很吃惊。"有些家伙还为她们唱小夜曲，是吧？""没错！"又有些声音加了进来。"还有一些人，我也不知道……他们会送钻石，或是豪宅，送大排量汽车、高级定制的灌肠剂，是吧？""没错！"有几个人喊起来，很起劲的样子。"于是也就有一些人像我老爸，哦，他会在艾伦比大街的一个罗马尼亚老妇人那里买上两百条冒牌牛仔裤，而后在理发店的里间把它们当正牌李威牛仔裤给卖了，这一切是为了啥？就是为了能向她展示那本小笔记本，让她看看自己能赚多少钱——"

他停了下来，眼睛四处望，有那么片刻，莫名其妙的，观众也屏住了呼吸，好像在跟他一起张望。

"不过真要是碰她，男人碰女人的那种方式，哪怕是在走廊里轻拍一下屁股，就这么点儿事，我还从没见他做过。所以嘛，伙计们，总之你们都很聪明，你们选择住在内坦亚。大家倒是说说看，他为何从来不碰她，为什么呢？他娘的只有老天知道了。等等，什么——？"他踮起脚，使劲朝观众眨眼睛，一副激动、感恩的表情。"你们真想听这事？你们真有兴头要听这些关于我王室家族的狗屁事？"对此观众意见有了分歧，有一些人起劲地喝彩，其他人则朝他嚷着，说早该开始讲笑话了。两个脸色苍白、穿着黑皮装、骑摩托车来的人用双手拍击着桌面，拍得啤酒杯直晃动。很难看出他们究竟支持哪一方；也许他们只是很乐意渲染气氛。我还是辨别不出这两人究竟是两个小伙子，还是一男一女，或两个全是女的。

"不可能！真的吗？你们真的要听《我们的生活：格林斯坦世家》？不，不，先让我说明白，内坦亚，难道这是要拼命破解我魅力个性之谜吗？"他抛给我一个顽皮、调侃的眼神。"你们真觉得自己能解决所有研究者和传记作家都无法攻克的难题？"观众几乎都鼓起掌来。"看来你们还真是够朋友！我们永远是最好的朋友，内坦亚！姊妹之城！"他变得温柔起来，把眼睛睁得大大的，一副天真无邪的样子。观众们笑个不停，相互咧嘴乐着。有些人甚至还朝我笑起来。

他站在舞台的前半部分，靴子的尖头突出在舞台边缘之外，一边掰着手指罗列着可能性："第一，也许他非常爱慕她，我是说我爸爸，以至于不敢碰她？第二，也许她烦透了，因为他整天绕着房子转，洗过头后还总戴着黑色的发罩？第三，也许是因为她觉得在大屠杀中，他并没有受到任何牵涉，甚至连边都没摸到？我是说，这家伙不仅没有被杀害，他在大屠杀中连伤都没受过！第四，也许对我们父母亲的相遇，你们和我一样都还没有做好准备？"观众笑起来，而他，这位滑稽演员，这个小丑，又开始绕着舞台飞速走起来。他牛仔裤的膝盖处都开裂了，可他居然还穿着配金色夹子的红色吊裤带，牛仔靴上缀着银色的星星警徽。我还留意到他脖子后面垂着一条稀疏的小辫子。

"长话短说，先把这段结束了，演出可以顺利进行，你们可以真的翻开一本日历，从生日算起，倒退九个月，找到那一天，而后迅速找到我爸爸收集的那堆修正主义简报，那玩意儿可是占据了我们家半间屋，就是那个修正主义；另一半则堆放破衣服和牛仔裤，还有呼啦圈，以及紫外线杀蟑螂器。就假装——"

"——你们懂了。"吧台上有几个人兴致勃勃地帮腔道。

"很棒的城市，内坦亚。"即便在他笑的时候，他的表情依然谨慎严肃，好像在控制着传送带，而那些个笑话就被传送带运出他的嘴。"所以我们三个人，我指的是我们家的生物学个体，我们挤在屋子里，一半地方被占用了，顺便说一句，他还不让我们扔掉关于那个党派简报的哪怕一张纸，'听好了，这可是后代的宝典！'他常常这么说，一边摆动手指，小胡子翘起来，好像有人电击了他的睾丸似的。没错，恰恰就在那天，即我被孵化并从此颠倒生态平衡的九个月前，你们觉得真能碰巧发生什么吗？是西奈半岛战役，恰恰巧合！这下子你们明白我是伴随着什么而来的吧？这难道不是瞎扯淡吗，各位？阿卜杜尔·纳赛尔①宣称要把苏伊士运河国有化，运河就在我们面前关闭了，于是我爸爸，耶路撒冷的哈兹科尔·格林斯坦，身高五英尺两英寸，毛发浓密如类人猿，嘴唇如姑娘般娇嫩，居然毫不迟疑，就这么上了她！所以啊，仔细想想看，你们会说我就是一次报复性行动。你们懂我的意思没有？我是回报！明白吗？我们有西奈半岛战役，有卡拉梅之战，还有恩德培行动②，以及他妈的其他无论什么行动，于是我们就有了格林斯坦战役，它至今依然有部分是机密，所以我就不能详细叙述，以免暴露信息，不过我们今晚碰巧有一份罕见的作战室录音，尽管音频质量差强人意：'把腿叉开，格林斯坦夫人！把这个拿去，这埃及暴君！'啪哒砰——叮！抱歉，妈妈！抱歉，爸爸！我断章取义了！我又背叛了你们！"

他又对自己狠狠地扇起耳光来，还左右开弓。接着又扇了一次。

有好几秒钟，我嘴里都是一股金属的锈味。我旁边的观众都缩回椅子，眼皮一直颤动。我邻桌的一个女人对丈夫愤愤然低语着，然后拿起了手袋，可是丈夫用手压住她的大腿制止了她。

"内坦亚，我亲爱的，世界的精华——顺便说一句，这是真的吗，如果附近街上有人问你现在几点了，他很可能就是缉毒特警吗？开玩笑啦！玩笑！"他缩回了身子，蹙起了眉头，眼睛四处打量。"这里不可能有人是来自阿尔佩龙家族的吧，有吗？否则

　　①　埃及共和国第二任总统（1956—1970）。
　　②　1976年7月以色列军方及特工部门在乌干达恩德培国际机场实施的解救人质的突击行动。

14

我们得致以敬意，或是阿布特布尔家族的？有人姓德得吗？贝贝尔·艾玛尔在吗？有人是鲍里斯·埃尔库斯的亲戚吗？也许今晚我们还有幸和蒂兰·夏依拉齐共同在场呢？本·萨齐在吗？埃利亚胡·拉什塔什维利……"

微弱的掌声渐渐响起，似乎要让大家打破方才的尴尬僵局。

"可别误解我了，内坦亚，我只是确认一下，只是考证一下。各位都知道的，每逢有现场演出，我首先就会登录'谷歌风险'查一下。"

他突然委顿下去，猛地被抽空了似的。他双手搁在臀部，急速喘息着。他盯着空气，眼神如老人一般凝滞。

两周前他给我打电话，那时是晚间十一点三十分，我刚遛狗回来。他介绍自己时声音紧张，有一种兴奋期待的意味，对此我没有作出反应。他有些困惑地问是否就是我本人，问我对他的名字有否有印象。我说没印象。我等着他说话。我最讨厌别人这么试探我。其实那名字似乎听到过，不过记不清了。他并非我工作上遇到过的人，这一点我很肯定，这种厌恶是不同的。我心想，这人属于我的熟人圈，所以伤人的可能性也更大。

"哎呦，"他嘲讽道，"我敢保证你记得的……"他大声咯咯笑着，声音有些嘶哑。我以为他喝醉了。"别担心，"他说，"我保证矮小可爱。"说到这里他又咯咯地笑起来，"是我啊，矮小可爱嘛，光天化日下身高差不多五英尺二。"

"听着，你想干吗？"

他不知所措地沉默了，接着又问是不是我本人。"我有个请求，"他说，突然严肃正经起来，"你听好了再做决定，拒绝也没事的，别为难。不是什么要占用你很多时间的事情，就一个晚上。当然，我会付你钱，不管你说多少，我不跟你还价。"

我当时正坐在厨房里，还拉着束狗的皮带。母狗怯生生站着，喷着鼻息，一双会说话的眼睛仰视着我，好像很吃惊我还没放下电话。

我莫名其妙地觉得疲惫不堪。我觉得自己和此人正进行第二轮无声的对话，而我反应太慢无法接茬。他一定在等着我答复，可是我不知道他要我干吗。也许他已经问过了，而我没听到。我还记得看了看自己的鞋子。鞋子好像有什么不对，也许是彼此相对的角度有问题，我嗓子像被堵住了。

他慢慢地走向舞台右侧的一张破旧的、填充得过厚的红色扶手椅。也许它也和那个巨大的铜瓮一样，是之前演戏留下的。他跌坐在椅子上，长叹一口气，身子越陷越深，差不多被椅子吞没了。

人们盯着自己的饮料看，转动酒杯，心烦意乱地稍稍吃点儿小碗里的坚果和椒盐脆饼干。

一片沉默。

然后传来了捂住嘴的咯咯笑声。他看上去就像是藏身于巨型家具里的小男孩。我注意到，有几个人正竭力压抑着不大声笑出来，他们避开他的目光，似乎很怕掺和进他此刻正在计算的复杂微积分难题中。也许他们和我一样，多少也感觉到自己已经与这谜题和男人本身牵扯到了一起，可他们本不打算如此的。他缓缓抬起脚，把那双跟高得几乎像女人高跟鞋一般的靴子展现在众人面前。笑声更响了，最后，夜总会全场都淹没于笑声之中。

他踢着腿，摆动胳膊，像是溺了水一般叫喊着，结结巴巴的，最后从扶手椅里一下子连根拔了出来，身子弹跳起来，几步离开了椅子，一边喘息，一边惊恐地盯着它看。观众放松地笑着——滑稽老套的伎俩——接着他威胁似地瞪着大家，可人们笑得更厉害了。最后他只好露出笑容，接纳人们的笑声。他的脸上再次露出令人意外的温柔表情，观众也回应着。这位滑稽演员，这个喜剧艺人，这个小丑，他享受着观众对他微笑的反应；有一瞬间，人们都几乎觉得他是得偿所愿了。

可是接下来，他似乎又无法忍受这份热情，哪怕多一秒钟都不行，他把嘴绷成了僵直、厌烦的表情。我曾经见过这副苦相：宛若一只小老鼠在磨牙。

"我非常抱歉这样来打扰您，"那天深夜他在电话里是这么说的，"不过我想，我一直觉得，幸亏有那段，您明白的，那段青春的投入，"他又吃吃笑起来，"反正，您得说咱们是一起出道的，可是您也知道，您走了自己的路，有了一份很棒的工作，受人尊重……"他停顿住，就等着我回忆起来，终于想起来。他哪里想象得到，我是要拼命维持自己的麻木状态，铆足力气不让人把我从中拉出来。"首先，我需要一分钟时间来解释。所以最坏的状况也无非是，您把生命中的一分钟给了我。不错吧？"

他的声音听起来像是我这个年纪的人，不过用的都是年轻一代人的俚语。这事好不了。我闭上眼睛，努力回忆着。青春的投入……他指的是哪段青春？我在盖代拉①的童年？还是因为我父亲的工作我们四处搬家，从巴黎到了纽约又到了里约热内卢再到墨西哥城的那段日子？也许是我们回到以色列，我在耶路撒冷上中学那会儿？我努力回忆着，想弄明白自己的迂回路线。他的声音里拖着一种忧伤的味道，和思索的阴影。

"听着，"他声音突然响起来，"这到底是演戏，还是因为您是这样一个大人物，甚至都不愿意……您怎么可能记不得呢?!"

已经很久没有人这么对我说话了。即便我都退休三年了，平日里周遭还是充斥着空洞的恭维，令人厌烦，而这番话像一股新鲜空气，竟把我的厌烦驱散了。

"您怎么会忘了呢?"他很生气，"我们整整一年都在一个班里学习，还有那个住在巴依特维甘②的叫卡钦斯基的家伙，我们常常一起步行去公共汽车站的。"

往昔的一幕幕慢慢浮出记忆。我记得那个狭窄的公寓，正午时分都一片黑暗，我还想起了那位神色阴郁的老师，他又高又瘦，还驼背，好像是在用背脊支撑着房顶。班上有五六个我这样的男孩，数学都很差，来自不同的学校，专门找这位老师私下补课。

他继续滔滔不绝，提醒我那些久已忘却的事情。他话语里带着受伤的口吻，我听着他说话，却不走心。我受不了这种强烈的感情冲击。我朝厨房四下望，想看看哪里有需要修补、粉刷、上油漆或是补漏的。塔玛拉过去常用"软禁"一词来形容没完没了的家务活。

---

① 位于以色列中部的一个镇。
② 位于耶路撒冷西南部，近大屠杀纪念馆。

“您把我完全忘了。”最后他说道，难以置信的口气。

“对不起。”我低语道，这话一出口，我才意识到我对一切都感到抱歉。我的真情表达很窝心，这种窝心让我脑海里浮现了一个皮肤白皙、长雀斑、脸上脏兮兮的男孩。他是个矮小瘦弱、戴着眼镜、噘嘴巴的小孩，整天调皮捣蛋。此人语速很快，嗓音总是略带嘶哑。我立刻回忆起来，尽管他皮肤很白，雀斑也是淡粉色的，但他的头发浓密卷曲，乌黑发亮，这种色彩对比令我印象深刻。

“我想起你来了！”我喊道，“当然了，我们经常走在一起……我简直不敢相信我还能……”

“谢天谢地，”他舒了口气，“我都快以为你是我捏造出来的人了。”

“内坦亚的超级美女们，晚——上——好——！”他大声吼着，一边又在台上舞动起来，把鞋跟踩得踢踏响。“我认识你们，姑娘们！我对你们太熟悉了。我了解你们的内心……说啥来着，十三桌？您可真有胆，知道吧！”他的脸黑下来，有那么片刻他似乎真受伤了：“居然用这种攻击性的问题来伤害像我这样羞涩、内向的人。我当然领教过内坦亚的女人！”他满脸堆笑，“饥不择食，时局艰难，我们得凑合着过……”在场观众，无论男女都用手掌拍着桌面，喝着倒彩，吹着口哨，大笑着。有一张桌子旁坐着三个古铜色皮肤、咯咯笑的老妇，一头蓝色挑染、蓬松无比的发型，他单膝着地蹲在她们面前。“你们好，八桌的！今晚美人们在庆祝什么呢？难道是其中一位此时此刻刚刚荣升为寡妇？或是在我们说话的时候有病入膏肓的男人正咽下最后一口气？'加油，伙计，加油干，'"他为那位假想中的丈夫鼓励打气，"'再努把力你就解放了！'"女人们笑起来，嗔怪地责骂他。他舞动着返回舞台，差点儿从台沿摔下来，观众笑得更响了。"三个男人！"他大叫着，举起了三根手指，"一个意大利人，一个法国人，还有一个犹太人，坐在酒吧里谈论如何讨女人开心。法国男人说：'我嘛，我用诺曼底黄油把我的女人从头到脚厚厚地抹上，她达到高潮时，尖叫了整整五分钟。'意大利人说：'看我的，我放倒自己的女人后，先用我在西西里一个村庄买的橄榄油给她从头到脚抹一遍，到了高潮时她会不停地尖叫十分钟。'那个犹太人没说话，一直沉默着。法国人和意大利人就看着他：'你呢？''我？'犹太人说，'我给心上人抹鸡油，她高潮时连着尖叫一个钟头。''一个钟头？'法国人和意大利人简直不敢相信自己的耳朵，'你到底对她做了什么？''哦，'犹太人说，'我拿窗帘擦手来着。'"

全场爆笑。我周围的男人和女人交换着意味深长的表情。我突然觉得很饿，便点了一份佛卡夏面包和芝麻酱烤茄子。

"我这是在哪里？"他开心地说着，眼睛的余光看着我和女招待说话；看到我点东西吃，他好像很高兴。"鸡油，犹太人，还有他妻子……我们可真是独特的民族，是吧，朋友们？你们就是没法拿其他民族来和我们犹太人作比较。我们是上帝选中的人！上帝有别的选择，可他偏偏选了我们！"掌声雷动。"这让我想起一件事，还是件了不得的大事——这是她的原话——我可真的烦透了新反犹主义，你们知道吗？说真的，我最后才习惯了那个旧的，甚至可以说开始有点儿喜欢它了，你们懂的，就是那些个关于犹太贤士的动人故事，那些长胡子、鹰钩鼻的老人围坐在一起，津津有味地嚼着麻风病人塔帕斯[①]，裹着香菜和病菌，交换着用有毒井水焖煮藜麦的菜谱，把祭祀用的基督徒小孩宰了过逾越节——嗨，伙计们，你们有没有注意到，今年小孩的肉吃起来有点儿涩涩的味道？总之，我们已经学会如何应付所有这一切了，我们都习惯了，它已像我们传统的一部分。可是这些家伙又拿出了新反犹主义……我不知道……反正觉得不搭调。我得说我甚至觉得有些反感。"他手指捏在一起，耸着肩，确实一副尴尬的样子。"我不知道该怎么说，就怕冒犯了这些新反犹的，上帝不容啊，可是他妈的，大家想想，难道你们不觉得自己的态度确实有点儿令人恼火吗？因为有时候我真有这样一种感觉，这么说吧，就像是有一位以色列科学家发现了治愈癌症的方法，一种能够一次性彻底消灭癌细胞的药物。好吧，那我敢保证，第二天世上的所有人都会大声呐喊，会有抗议和游行，联合国会有投票表决，全欧洲的报纸都会发表社论，他们都会这么说，'慢着，我们为什么必须破坏癌症？如果一定要的话，难道我们真该立即彻底消灭它吗？难道我们不可以先试着达成某种和解吗？为什么要直接强制呢？为什么我们不设身处地、尽量体会癌症自己是如何体验疾病的？请大家不要忘了，癌症也是有积极意义的。事实上，有很多病人会告诉你，与癌症交锋让他们成为更好的人。大家得记住，癌症研究促进了对其他疾病的治疗研究，难道我们打算以这种破坏性的方式来结束这一切吗？难道历史的教训还不够吗？难道我们忘记

---

① 西班牙的一种餐前点心。

了黑暗时代？而且——'"他做出一副沉思的表情，说道，"'难道真有人认为人类的地位比癌症高级，因此有权去摧毁癌症？'"

观众的掌声稀稀拉拉。他继续说。

"各位男士晚——上——好——！欢迎各位到场。如果你们能安静下来的话，我就让你们好好瞧瞧，可如果你们不规矩的话，那我就把你送到隔壁做化学阉割，听上去不错吧？女士们，请允许我最后好好自我介绍一下，否则各种猜忌太多了，我知道你们都很想了解这个谜一般的浪漫男人到底如何。'杜瓦雷·G'是我的名字，这就是我的名号，这是尼罗河以南整个文明世界里最成功的品牌，很好记的：杜瓦雷，'杜'读长音，就像'笃定'的笃，只是没那么定，还有'G'，就像那个点，我阳物的核心。女士们，我愿意奉献给你们！从现在开始直到午夜，随你们怎么狂野放纵，我都听从你们的。'干吗只到午夜呢？'我听到有人沮丧地问。因为到了午夜我得回家，你们这群美人中只有一人能有幸陪我，与我天鹅绒般但病毒遍布的身体度过亲密的一夜，任她颠鸾倒凤，当然这一切都得依赖那颗蓝色的快感小药丸，它能让我坚持几个小时，能弥补被前列腺癌夺走的一切。左括号：这个白痴，是那种癌症啊，如果你问我的话。说真的，想想吧，我身体的各部分如此美妙。人们从阿什克伦大老远地赶来，就是为了一睹这样的艺术品。就像我浑圆的鞋跟，比如说——"他转身背对着观众，而后得意地晃动靴子，"或是来看我雕塑般的大腿，还有光滑如丝的胸脯，一头秀发。可是那种令人退化的癌症宁愿沉湎于我的前列腺！我猜它只在我撒尿时嬉戏，从中获得快乐。我真是太失望啦：右括号。不过，我的姐妹们，我们的玩笑和戏谑要到午夜才会达到高潮，那可是融合了我过去二十年的表演经验。这广告里可没说过，因为谁也不想花一个谢克尔来推销这种表演，除非是在内坦亚的免费周刊上印上邮票大小的广告。傻瓜们甚至都不愿意往树干上贴宣传单。这样省钱，对吧，约阿夫？上帝保佑你，你是个好人。毕加索那条丢失的罗特韦尔犬在附近的电线杆上都比我更有版面。我检查过了，我走过这片工业区的每一根电线杆。真有尊严，毕加索，你赢了，如果我是你，我才不急着回家呢。学学我吧，在某些场所，被人重视的最佳途径就是不在那里出现，明白吗？难道这不正是上帝安排整个大屠杀背后的动机吗？难道这不正是死亡概念背后的真正意义吗？"

观众的思绪完全被他控制了。

"真的，告诉我，内坦亚，难道你不觉得把丢失宠物的告示贴出来的那些人脑子里的想法很愚蠢吗？**寻物启事：金仓鼠一只，一条腿跛，有白内障，对谷物蛋白和杏仁乳过敏。拜托！你有毛病啊？我找都不用找就能告诉你它在哪儿：你的仓鼠就在疗养院里！**"

观众会心地笑了，情绪放松了一点，觉得方才有些危险的偏离已被纠正过来。

"我希望你来看我的表演。"他最终攻克了我顽固的健忘后，在电话里这么说。我们一同回忆了一些格外愉快的往事，比如一周两次一起从巴依特维甘步行到公共汽车站，我再乘车回塔比奥特的家。他非常热情地谈到了一起步行的经历："我们的友谊从此开始。"他提了好几次，还咯咯笑着，露出一种茫然的喜悦感，

"我们走了好久，说了好多话，边走边说的友情。"他继续说着，沉浸在琐碎的细节中，好像那短暂的亲密是他一生最好的经历。

我耐心听着，琢磨着他究竟想让我做什么，我就能够尽量不冒犯地拒绝他，各管各的事，不再相干。

"你想让我看的是什么样的表演?"我趁他停下来喘口气时插话问道。

"嗯，主要是……"他语无伦次起来，"我是说脱口秀的。"

"哦，不是专门针对我的。"我说着，松了口气。

"那你知道脱口秀?"他笑了，"我是觉得自己以为你从没……你看过这种表演吗?"

"偶尔看的，在电视上。就事论事，我没觉得有什么特别的。"我突然觉得方才拿起电话时的僵局被打破了。如果说他的开场白神秘或隐约使人期待，比如希望重叙旧情的话，此刻都消退了——竟然是脱口秀。"听着，"我说，"我可不提供你观众反馈信息，所有的玩笑话、逗乐、表演，对我不管用，不适合我这年纪了，抱歉。"

他慢慢地说道："好的，你已经表示得很明确了。没人会说你模棱两可的。"

"你可别搞错了，"我说道，那条狗竖起了耳朵，焦虑地看着我，"我敢肯定有很多人喜欢这种娱乐形式，我不想评头论足，每个人口味不同……"

我准是说了重复的话，好在自己也记不得了。我无需为自己辩护什么，除了自己最初的感觉，也许是朦胧的记忆吧，这男人很像一把万能钥匙（童年瞬间浮上心头），对此我可得多留心。

不过当然了，即便是这样，我也不能为自己的言语攻击开脱。因为突然一下子，没有来由的，我开始指责他，好像他代表着所有人的轻浮。"其实对像你这样的人而言，"我激动地说，"一切都能当笑料，每一件事，每一个人，无论发生什么，干吗不呢，只要你有一丁点儿的即兴才华，思维敏捷，你就能啥事都开玩笑，戏谑模仿，或是讥讽嘲笑，比如疾病、死亡、战争什么的，都无所谓，是吧？"

长久的沉默。我脑子里的热血慢慢冷下来。这样激动我自己都很吃惊。

我听到了他的呼吸声，觉得塔玛拉在我体内蜷缩着。你充满了愤怒，她说。我充满了渴望，我心想。难道你看不出？我中了渴望的毒。

"另一方面，"他用干涩、阴郁、让我感到支离破碎的声音低语道，"其实我现在不像以前那样觉得脱口秀刺激了。我曾经这么觉得，确实，以前我觉得这活儿就像在绷紧的钢丝上行走，觉得自己随时都会在全场观众面前语无伦次、无地自容。失之毫厘谬以千里，一句话里一个词出错，或是本来该放低的声音说高了，就会立刻冷场。可你马上又能找着调子，他们就又舒坦了。"

狗喝了点儿水，长长的耳朵耷拉在盘子两边的地板上，她浑身布满大片斑秃，眼睛也差不多瞎了。兽医让我放弃她算了，这位兽医三十一岁。我觉得在他看来，我自己也该实施安乐死。我把双腿搁在椅子上，想要镇定下来。三年前，由于这些突发事件，我丢了工作。这时我脑子里想着：现在谁知道我失去了什么？

"另外还有一方面，"他继续说道，这时我才意识到方才的沉默延续了那么久，我们两人都各自沉入了自己的心事里，"说脱口秀有时候会让人发笑，这可并不简单。"

最后几个字他说得很轻柔，像是自言自语，于是我想：他说的没错，确实不简单，挺了不得的。比如说我，我几乎记不得笑起来是什么感觉了。我差点儿想问他，如果我们能重新开始对话，像两个人谈话那样，那我至少可以解释一下我为什么会忘记他，为什么不想回忆起那段极为痛苦的经历，因为这种抵触会慢慢钝化和抹去往昔的大部分记忆。

"我想从你这里获得什么呢？"他深深地吸了口气，"好吧，说实话，我甚至都不确定这事是否还有意义。"

"我明白，你想让我去看你的表演。"

"是的。"

"可是为了什么呢？你为什么要我去呢？"

"听着，这事很微妙……我甚至都不知该怎么说……这样要求人听起来是很怪异。"他轻声笑道，"至少，我好好地考虑过了，我用了很长时间细细琢磨，我下不了决心，可是我最终意识到你是我唯一能请求的人。"

他的声音有些异样，与之前的不同，他听起来几乎是在恳求。有最后一次恳请的绝望感。我把腿从椅子上放下来。

"我听着呢。"我说。

"我想让你来看看我，"他突然激动起来，"我想让你来见我，是亲眼见我，之后再告诉我。"

"告诉你什么？"

"你看到的一切。"

"听好了，内坦亚宝贝！今晚我们要拿出所有的看家本领！你们真的面对着成百个抛开胸罩的粉丝！是的，十桌的各位，解开那个钩子，释放它们吧……来吧！我想大家都听到了双响礼炮，是吧？！"

观众笑起来，不过笑声很短，并不激烈。年轻人笑得稍长些，舞台上的人不乐意了。他用手在面前划着圆圈，仿佛要找到最受伤害的点。大家看着那只手，很好奇，手指张开又聚拢。这毫无意义，我心想。不要这样，不能这么打自己。

"蠢蛋，"他嘶哑着声音，好像这低语是从手指发出来的。"蠢蛋！他们又领悟不了笑点了！你这一晚要怎么过啊？"他从手指后面露出了僵硬的笑容，"这笑点你们以前没感受过，"他带着沉思的忧伤说着，好像在自言自语，而我们却在偷听，"没准你入错行了呢，杜瓦雷，也许是时候不干了。"他继续低语着，那就事论事的冷静让人害怕。"是的，别干了，挂起靴子，同时，把自己也挂了吧。可你说啥，难道要我们鹦鹉学舌？再试最后一次？"他把手从脸上拿开，停在空中，"于是这家伙就有了一只不停诅咒的鹦鹉，从睁开眼睛到睡觉，不断咒骂着最粗俗恶心的话；而这家伙就是这位极其有教养、有学问、有礼貌的绅士……"

观众边听着笑话，想象着一幅幅画面，边看着讲笑话的人。

"最终他别无选择，他开始威胁那只鹦鹉：'你要是不闭嘴，我就把你锁在柜子里！'那只鹦鹉更疯狂了，开始用意第绪语骂人——"他停下不说话，开始大声笑起来，轻轻地拍着大腿，"说真的，内坦亚，你会喜欢这个的，你不可能不喜欢的。"

观众瞪着他，有些人眯着眼睛，等着他把手扇到脸上。

"总之，那个家伙抓住鹦鹉，把它扔进柜子，并锁上了门。那只鹦鹉在柜子里喊出了一大堆污言秽语，那家伙死的心都有，他太尴尬了。最后他再也受不了了，他打开柜子，用两只手抓住那只鹦鹉。鹦鹉尖声叫着，咒骂着，还咬人，它还说坏话诋毁他，于是那家伙就把它带进厨房，打开冰箱，扔了进去，并把冰箱门甩上。"

全场安静下来，有些人露出了小心翼翼的微笑。大家似乎都把目光聚焦在那个人的双手上，他两只手绕在一起，像蛇一样慢慢地盘曲、伸展。

"那个家伙把耳朵贴在冰箱上，听到里面的咒骂声、刮擦声、翅膀扑棱声，过了一会儿，安静了。过了一分钟，又过了一分钟，没声音。一片寂静。连呼吸声都没了。他开始着急起来，良心发现，觉得那只鹦鹉被冻死了，体温过低什么的。他打开冰箱门，做好了最坏的打算，而那只鹦鹉却双腿颤抖着走了出来，还爬到那家伙的肩膀上，说道：'先生，我无法用语言表达深深的歉意，从此往后主人您不会听到我嘴里发出哪怕一个不文雅的词儿来。'那家伙看着鹦鹉，简直不敢相信自己的耳朵。鹦鹉接着说：'顺便问一句，先生，那只鸡究竟干了啥？'"

大伙都笑了。方才这番沉默后，一起爆发出了笑声。我想，他们笑的部分原因是为了台上的这个人摆脱自己的双手。这种特殊的默契算什么，我在其中又扮演了什么角色？那对脸色白皙的年轻夫妇靠在桌子上，他们的嘴唇紧紧地噘着，几乎是激动的表情。也许他们希望看他再打自己？杜瓦雷听着笑声，斜着脑袋，额头上布满皱纹。"哦，好吧。"他估量着笑声的音量和时长，叹了口气。"我想差不多就这效果了。显然这些观众很挑剔，见过世面，杜瓦。有些人甚至会是左派，这就要求我得有更固执的态度，要带点儿自以为是的味道。"于是他激动地喊起来："我们这是在哪里？！我们掩盖了生日，你们也都知道那是算总账的日子，是深刻反省的日子，至少对那些还有灵魂的人，我得告诉你们，对我个人而言，我就是没能保住灵魂。真的，灵魂需要时刻的呵护，不是吗？无时无刻！每一天，每时每刻，你都得用心看护，我说得没错吧，对吧？"

大家举起啤酒杯表示赞同。我似乎成了唯一一个还想着他那只悬在脸旁的手的人；我，也许还包括另一个人，就是那个坐得离我不太远的小个子女人，从他走上舞台起，她就一直惊讶地盯着他，竭力想让自己相信世上居然还有这样的人存在。"我说得没错，对吧？"他又喊起来，此时传来了几声咕哝和低声附和。"我说对了呢，还是说对了呢？"他扯着嗓子用力喊道，于是大家也高喊着："你说对啦！你说对啦！"好像喊得越响，他就越开心。他很高兴能煽动气氛，能激发起某种粗俗、堕落的腺体，我瞬间醍醐灌顶，从没这么清晰地意识到自己不想也不该出现在这里。

"因为那该死的灵魂不停地扑腾，你们注意到了没？注意到了吗，内坦亚？"大伙儿喊着回应：注意到了！"起初它要这个，接着又要那个。前一秒它还让你振作、欢欣，激动万分，下一秒它就一棍子砸你脑袋，把你打趴下。这一分钟它激动难耐，下一分钟却崩溃了，胡说八道着，嚷着要出去！谁能受得了它，我问你们，谁还需要它？"他情绪高涨，我向周围望去，再次觉得，好像除了我和那个女人，那个格外瘦小、差不多像侏儒的女人之外，其他人都非常满足。我他妈的干吗在这里？我到底欠了他什么，这个四十多年前和我一起课外补课的家伙？我再给他五分钟，一秒都不能再多了，之后如果还是这样，我就走。

不知怎么的，在电话里他的请求还挺打动我的，我也承认他在台上还是有点儿料。他打自己时，也是有效果的，我不能肯定究竟是什么，是揭开了某种吸引人的谜吧。那家伙也不是傻瓜，他从来不是，我相信自己今晚也错过了一些东西，我也说不清到底是什么，他身上有东西吸引着我。

我开始做准备，好迅速离开。不，他不会抱怨我这么做的，我从耶路撒冷赶来，差不多听了他半小时，我又没找回青春或激情，现在也该及时告退了。

他又开始了一段热情洋溢的长篇演说，反驳"混账该死的灵魂不朽论"。他的观点是，如果能选择的话，他毫不犹豫地挑选肉体。"想想看，肉体毫无负担！"他喊道，"不要思想，不要回忆，只要一具沉默的身体，在草地上像僵尸一样蹦跳着，不动脑筋地吃喝玩乐。"他描述着，来回跳跃，很开心地摆动臀部，咧嘴笑着。我示意服务员要结账。我可不想厚脸皮让他请客。我不想欠他什么。我了无牵挂地游走在这世上，来到这里可是犯了大错。他看到我对服务员示意，一下子拉下脸来，显得很沮丧。

"别，真的！"他喊着，加快了语速，"你明白如今要保住灵魂意味着什么吗？它可是奢侈品，说实话！你计算一下，就会明白它可比镁合金轮圈贵多了！我说的还是简单的灵魂，不是莎士比亚、契诃夫、卡夫卡等大人物的灵魂，补充一句，这些人都是我听说的，我可没亲自读过作品，我得凭良心承认，我有阅读障碍症，是晚期患者，不骗人，我还在娘胎里就被发现有这疾病了，给我诊断的医生建议我父母采取流产——"

观众笑起来，我没笑。我依稀记得，他曾经提到过一些书，那些书当时我听说过，也知道再过几年考大学时会考到，不过他提到这些书时好像自己真的读过。其中有《罪与罚》，如果我没记错的话，还有《审判》或《城堡》。这会儿在台上，他报出了一连串的书名和作家，还告诉大家他从没读过这些作品。我开始觉得背脊发痒，疑惑他是否在故意讨好大家，在装傻卖乖，或是在谋划着什么，目标是我。我不耐烦地看了看服务员。

"因为，到头来，我又算啥呢？"他高声喊道，"我就是个社会底层的人，不是吗？"这时，他整个身子都转向我，对我苦笑着："因为，脱口秀又算个啥？你想过没有？我告诉你吧，内坦亚，归根结底，它就是一种悲哀可怜的娱乐形式，说实话。你知道为什么吗？因为你能闻到我们的汗水味！我们的努力就是让你笑！这就是原因！"他嗅了嗅自己的胳肢窝，皱起眉头，观众发出了轻微的笑声，有些迷惑。我从椅子上站起身，双臂交叉抱在胸前，因为我知道这是在宣战。

"你可以从我们脸上看到压力。"他又把声音提高了一些，"要不惜一切让大家笑出来的压力，我们简直就是在恳请别人施舍爱。"（我想，这些话也是那通电话里的警言名句。）"而这就是原因所在，女士们先生们，这就是我此时为什么要怀着巨大的热情和敬意，邀请本国司法界最重要的人物，最高法院的法官阿维沙伊·拉扎尔来到现场，他本人今晚微服光临，就是为了公开支持我们这可怜、悲惨的艺术！女士们先生们，最——高——法——院！"

这个阴险的小丑立正身体，两只鞋跟啪啪响，朝着我的方向深深鞠躬。越来越多的人转头朝我看，有些还不由自主地听从他的话，鼓起掌来，于是我笨拙地嘟哝道："是地方法院，不是最高法院。再说了，我都退休了。"他发出了友好、欢快的笑声，这样我也非得假装朝他微笑。

我完全明白他是不会轻易让我离开这里的。原来如此，他之前的邀请，还有那可笑的请求，都是陷阱，是他的个人复仇，我就像个傻子似的走进了陷阱。从他宣布今天是他生日的那一刻起（这个细节他当时电话里没提起），我就开始有窒息的感觉。那个服务员真是专挑尴尬节点，此时把我的账单拿来了。全场都在盯着我看。我拼命想着该怎么回应，这一切发生得太突然，其实从晚上开始我就一直觉得自己孤身生活的节奏太慢，让我变得很迟钝。我折起账单，把它塞到烟灰缸下面，然后盯着他看。

"总之，我说的是一个简单的灵魂。"他微微收起了笑容，示意夜总会的经理再给我送上一杯啤酒，他请客。"是基本的灵魂，没有升级版，没有珠光宝气，就是你们最基本的普通灵魂，灵魂的主人就是一个想吃得好点儿，能喝上一点儿，能过瘾，每天有点儿乐子，一周做爱一次，凡事不用操心的人，可偏偏该死的、讨人嫌的灵魂有着没完没了的要求！它居然还要有自己的工会代表！"他又把手举了起来，掰着手指数着，"心痛，一！良心不安，二！罪恶的先兆，三！还有因为对该发生什么、到底会怎样的担心而引发的噩梦和辗转难眠，这是四！"

人们颇有同感地点头，他笑了。"我对上帝发誓，上一次没有任何担忧时，我还有包皮呢。"人群爆发出大笑。我抓了一把坚果往嘴里塞，像研磨他的骨头一般咬碎它们。他站在台中央，正好在聚光灯下，双眼紧闭，像在表述整个人生哲学般点着头。全场各处不时会有几声鼓掌传来，间或还伴随着突兀、粗鲁的"哇!"的喊声，尤其是女人们。我心想这家伙既不英俊，也不令人兴奋或有什么吸引力，可是他明白如何能准确地撩动人们，让他们激动起来，狂躁起来。

他好像能看出我在想什么，他用手示意人们安静下来，脸上布满了皱纹，我从他身上看出截然不同于我方才想法的东西：他对这个事实，即人们确实听他的，确实有人，甭管是谁，和他的意见一致，好像挺反感，甚至厌恶，他皱起眉头，鼻孔周围皱纹遍布，仿佛所有坐在这里的人都想拥上去，想要触碰他。

"女士们先生们，该是时候让我们对一个人致以衷心的感谢，是他引领我走到现在，始终愿意无条件地支持我，甚至在我被女人、孩子、同事和朋友抛弃和背离时，他都从未放弃过我，"他朝我看了看，目光令我焦虑不安，而后他爆发出笑声，"甚至当我被学校的校长平恰斯·巴尔阿登先生抛弃时，让我们一起为校长的灵魂升天而祈祷——不过，他依然健在——他在我十五岁时把我踢出了学校，直接踢给了街头科学学院，他还颇费周折地在我的成绩单上这样说明——听好了，内坦亚，'在我整个职业生涯中，如该生般这么老练的玩世不恭者可谓前无古人后无来者。'厉害吧，啊？太深刻了！从此以后，唯一一个从不嫌弃我、从不放弃和抛却我的人，只有我自己，就是这样。"他摆动臀部，勾引人似地上下舞动着手臂。"好好看看，朋友们，告诉我你们发现了什么。我是当真的，看到了什么？人类渣滓，不是吧？其实是零物质，对自然科学点头眨眼示意后，我甚至会说是反物质。你们可以把这个例子当作是一个人走向了废品堆放站，是吧？"他咯咯笑着，朝我眨眨眼，一副讨好的样子，也许他是想让我别生气，守住诺言。

"不过，请各位看看，内坦亚！看看什么才是忠诚、专注，五十七年的漫长岁月啊，看看什么是奉献和勤勉，对失败的杜瓦雷从不放弃！甚至坚持不懈！"他像发条玩具似的冲过舞台，咯咯笑着，"不懈！不懈！不懈！"他停下来，慢慢转身，脸上放着光，对着大家，那是一张侥幸逃脱的骗子、小偷、扒手的脸。"你们能明白光是存在就是个非常了不得的想法吗？它多么有颠覆性吗？"他鼓起脸蛋，发出了柔和的"噗——"，气泡被扎破一般。"杜瓦雷·G，女士们先生们，又名多夫齐克，也叫多夫·格林斯坦，尤其是在诉多夫·格林斯坦关于抚养费欠交案的文书中。"他看着我，眼神流露出痛苦的无辜，一边拧着自己的双手。"老天，那些孩子吃了那么多东西，太神奇了，阁下！不知道在达尔富尔一个父亲养一个孩子得花多少钱。G 先生，女士们！在这该死的宇宙中他是唯一一个愿意无偿陪我一整夜的人，这对我而言是最纯洁、最实在的友谊。就是这样，各位观众①！这就是生活的真实面目。人类做着计划，上帝却毁了他。"

一周两次，周日和周三的三点半，我们课外补课会结束。补

---

① 原文为世界语。

课老师是个阴郁虔诚的男人，他从来不直视我们，说话鼻音很重，很难让人听清楚。我们被他家里的沉闷空气弄得晕晕乎乎，也受不了他老婆烧菜的气味，我们俩会一起走出室外，很快就与其他男孩子分开。我们会沿着附近的街道走上半程的路，那里很少有车辆开过。我们走到12路公交车站，莱尔曼的街角小店就在车站旁，我们对视一下，异口同声地说："继续走到下一个车站？"于是我们就这样步行走过五六个车站，直到抵达中央汽车站，那里离他家所在的罗梅玛区①很近，我们要在那里等我要乘坐的开往塔比奥特的公交车。我们俩坐在岩块剥落、野草蔓延的石墙上聊天。或者是我坐着，他很难在一个地方连续坐或站上几分钟。

他问我问题，我回答。这就是我们俩的分工，是他这么定的，我是被他引诱过来的。我并不合群，相反，我是个沉默寡言的内向男孩，我觉得自己还端着点儿可笑的坚韧和阴郁的姿态，即便我想要摆脱这种姿态，我自己都不知道该怎么摆脱。

也许是我个人的问题，或是因为父亲的生意，我们经常搬家，我还从没交过知心好友。我在各处都有小伙伴，在学校和外交官或外籍人士的孩子有过短暂的友谊。可是自从我们回到以色列，并搬到耶路撒冷，在街坊和学校我一个人都不认识，也没人主动来和我结交，我就变得更加孤独，而且敏感易怒。这时，这个爱开玩笑的家伙突然就出现了，他读的是另外一个学校，当时不觉得会被我和我的敏感易怒威胁到，对我阴郁的姿态也并不在意。

"你妈妈叫什么名字来着？"这是我们走出补习教师公寓后

---

① 耶路撒冷的一个街区，近中央汽车站。

他问我的第一个问题。我记得当时自己发出了令人意外的咯咯笑声，这满脸雀斑的小鬼如此莽撞，竟敢旁敲侧击提醒我曾经有过妈妈！

"我妈妈叫萨拉！"他告诉我，突然跑到了我前头，然后转过身来对着我："你刚才说你妈妈叫什么来着？她是出生在以色列吗？你父母是在哪里遇上的？他们也经历了大屠杀吗？"

就在我们聊天时，一辆又一辆开往塔比奥特的公交汽车到站停车，而后驶离。我们当时就是那样，我坐在石墙上，是个瘦长（的确，的确如此）的孩子，脸型狭长，表情倔强，抿紧了嘴巴，硬是不笑。在我身旁跑来跑去的是一个小男孩，比我至少小一岁，头发乌黑，皮肤白皙，他调皮执拗，能让我卸下武装，渐渐地开始愿意回忆和聊天，并告诉他关于盖代拉、巴黎、纽约的事情，关于里约的狂欢节、墨西哥的亡灵节、秘鲁的太阳庆典以及乘坐热气球观看塞伦盖蒂平原上的角马群。

他的提问让我意识到自己原来有着如此珍贵的财富，即非凡的生活经历。在那以前，我觉得自己的生活不过就是不停地旅行，不断地变换住所、学校、语言和面孔，我才意识到其实这是一次巨大的探险。我很快就发现夸张竟然如此有趣，不会有烦恼来戳破我鼓胀的热气球，原来我可以一遍遍地通过修饰和情节设计来讲述这些故事，有些事情是真实的，有一些则是基于真实的虚构。和他在一起时，我都不认识自己了，我都不知道自己原来有如此热情、活泼的一面。我没有意识到自己会如此头脑发热，思绪飞扬，充满想象。我更没有意识到自己这种新的天赋会带来如此大的快乐，我眼睛睁得大大的，充满了好奇、愉悦和诙谐，闪动着幽蓝的光彩。我想，这些都是我值得骄傲的资源。

　　我们一整年都这样交流着，一周两次。我讨厌数学，不过因为他在，我尽量一次课都不落下。公交汽车来了又走，我们就待在原地，沉浸在自己的天地里，直到最后不得不分开。我知道他五点半得准时去某个地方和他妈妈碰面。他告诉我，他妈妈是一家政府机关的"高级官员"，我当时不懂为什么他非得"和她碰面"。我记得他有一只成年人用的时度牌手表，那只表盖住了他瘦削的手腕，当时间越来越接近时，他会越发烦躁地看表。

　　每次我们告别时，空气里都会萦绕着各种可能性，而我们谁都不敢大声说出来，好像我们都不相信现实，不知该如何对待这种精巧易碎的场景：也许我们什么时候能偶遇，不是在补习课后？也许可以一起去看电影？也许我能去你家玩？

　　他舞动着双臂："既然我们谈到了那位大基佬①，女士们先生们，今晚才刚刚开始，出于对历史公正的考虑，请允许我代表全体表达衷心的谢意，感谢女人，感谢世上的所有女人！干吗不把目标放大些呢，伙计们？干吗不肯承认我们天真的快乐究竟来自哪里，又是什么代表了我们存在的目的，并且推动着我们的搜索引擎？干吗不向生活中热辣甜美的调味品鞠躬，向我们在伊甸园里被赋予的这一美好礼物致以深切的谢意呢？"说着他还真鞠起躬来，冲着观众席里的女人不停摆动脑袋和上半身，而在我看来，每一个女人，甚至包括那些有男伴的，眼睛都不由得放出光来。

---

　　①　对上帝的亵渎称呼。

他挥动双臂鼓励男人们也照着做。大多数男人发出嘲笑声，还有几位呆呆地坐着不动，他们的女伴也僵坐着，不过有四五个人从座位上站起身来，尴尬地咯咯笑着，真的对女伴僵硬地鞠躬。

我觉得这种廉价的感情用事很愚蠢，可令我惊讶的是，我发现自己也莫名其妙地迅速对着身旁的空座鞠了一躬，这只能再次证明我今晚在此地显得如此脆弱和没有安全感。说实在的，我不过是轻轻地点了点脑袋，我还悄悄眨了眨眼睛，这种眨眼是我和她一直交流的，哪怕是在吵架时，两点火花在彼此间飞速碰撞，她中有我，我中有她。

我点了一杯龙舌兰酒，又把毛衣脱了。我方才没意识到这里会这么热。（我觉得邻桌的女人在喃喃："总算脱了。"）我手臂交叉抱在胸前，看着台上的这个人，在他黯淡的眼神中，我看到了自己和他，回忆起了彼此的感情。我想起当年的兴奋激动，还有我当时和他在一起时经常有的尴尬，因为当年男孩子之间是不这样聊天的，他们不聊这些事情，也不用那样的言辞。在我和所有其他男孩子稍纵即逝的友谊中，都有一种相互隐匿个人信息的习惯，这让我感到舒服，富有阳刚气，可是和他在一起……

我摸索着口袋，摸到了钱包。几年前我每次出门总会带着笔记本。那些橘色小笔记本总是在床上陪我入睡，以备自己想到什么可行的点子，或是一个有趣的比喻，或是一句令人耳目一新的箴言（不知怎的我在这方面的能耐可谓众所周知）。我只找到了三支钢笔，可一张纸都没有。我朝服务员示意，她拿出一叠小小的绿色餐巾纸，站在远处一边用手拍着纸，一边愚蠢地笑着。

其实这笑容挺甜美的。

"可是最重要的是，我的兄弟姐妹们，"他高喊着，看到餐巾纸和钢笔，他几乎高兴得要落泪了，"在我对全世界的女性致以谢意之后，我要特别感谢一切让我有过全球性爱激情的尤物，所有这些从十六岁起就让我欲仙欲死的可人儿，她们让我痉挛，让我鼓胀，吸吮我，跨骑我……"

大多数观众很受用，可也有几个人对此嗤之以鼻。离我不远处，一个女人把一只脚从窄口鞋子里脱出来，蹭着另一条小腿，这时我感到肠胃绞痛，这已经是今晚第三或第四次了，我就像看到了塔玛拉强健、结实的双腿，禁不住呻吟起来，我早就忘记自己还能发出这种声音来。

我看到他在台上露出了惯有的微笑，迷人而热情，便稍稍松弛了一些：打一开始表演就有的痛苦感觉似乎有了些许缓解，我放松下来，朝他微笑。这个时刻很美妙，是我们俩私下的心领神会，我想起以前他常在我周围蹦来跳去的，欢呼喊叫，大笑，被人瘙痒似的。此时他眼里有着同样的神采，盯着我，很信任我的样子，仿佛一切都能被修复，甚至包括我们的关系，我和他。

可是笑容瞬间消失了，好像它一贯如此，会从我们脚下溜走，尤其是从我的脚下。我再次有了一种深层、幽暗的被欺骗的感觉，而我又说不出到底哪里被骗了。

"我不相信！"他突然喊道，"你，那个抹着口红的，没错，就是你，那个黑暗中还带妆的人！难道你的化妆大师得了帕金森症？告诉我，娃娃脸，你是不是觉得我在上面铆足了劲让你笑是天经地义的？你居然在发短信？"

他是朝着离我不远那一桌的一位小个子女人说的。她一个人坐在那里，头发高高耸起，发髻复杂，编成的辫子堆成锥形，还插了朵红玫瑰。

"你这算是行为艺术吗？我在上面汗流浃背，掏心掏肺的，赤裸裸，赤裸裸的?！从脑袋脱到了前列腺！你却坐在那里发短信？你能告诉我在发什么吗，有那么紧急吗？"

她极其严肃，几乎以谴责的口吻说："我没在发短信！"

"撒谎可不好，亲爱的，我看到的！噼里啪啦的！手指真灵活！顺便问一声，你这是坐着还是站着？"

"什么？"她迅速地把脑袋从双肩上耸起来。

"不……我是写给自己的。"

"哦，给你自己……"他瞪大眼睛看着观众，像是和大伙儿一起在捉弄她。

"我这款应用是用来记笔记的。"她低声说。

"这可实在是太有趣了，亲爱的。你是不是希望大家一起暂时离开这里回避一下，不打扰你和你自己之间愉快的沟通呢？"

"什么？"她警觉地摇摇头，"不，不，别离开。"

她结巴起来很特别，声音挺孩子气，嗓音尖尖的，但是语速很快。

"那你说说给自己写了些什么。"他兴奋开心起来，都不给对方时间反应，"亲爱的我自己，我担心咱们得和彼此说再见了，就在今晚，我的小羊羔，我遇到了梦中情人，我要跟随他，至少要在床上激情一周……"

那个女人瞪着他，嘴巴微微张开。她穿着黑色矫正鞋，双腿没有落在地板上。在她和餐桌之间摆放着一只大大的闪着光泽的红色手提包。我都怀疑他能否从台上看到这一切。

"不，"一番思索后她回答道，"你说错了，我根本没有写那种东西。"

"那你到底写了啥？"他嚷道，假装绝望地抓着脑袋。他本来觉得这段对话会产生"笑果"，结果变得无趣起来，于是他决定终止它。

"是私人秘密。"她低声道。

"私人——秘密！"他开始往后退，话语像套索般套住了他，牵着他的脖子将他往女人那边拽。他扭着身子往回退，一边回头露出惊恐的表情，好像听到了什么格外污秽的词语。"什么，拜托告诉大家，这了不得的私人和秘密的女士究竟是何方神圣？"

观众席掠过一丝寒意。

"我是个美甲师。"

"啊，我可从不做美甲！"他转动眼珠子，把双手伸出来，手指张开，脑袋往一边偏，"请做法式修甲，拜托！不，等一下，要闪亮的那种！"他往一个个指甲上依次吹气，"来个水晶钻饰怎样？能给我配上矿石吗，亲爱的？镶上干花行吗？"

"可是照规定我只能在村里的夜总会给人美甲。"她咕哝着，接着又补充道，"我还是个灵媒。"她都被自己的冒失吓着了，把红色手提包举得更高了些，就像在他和自己之间竖起了一道屏障。

"灵媒？"他目光中的狡黠消失了，他坐下来，舔着嘴唇，"女士们先生们，"他严肃地说，"各位注意了，今晚这里有一位美甲师要做独家新闻报道，尽管你们也许会觉得她身形瘦小，可事实上她是一位灵媒！大家鼓鼓掌！鼓起掌来！"

观众顺从地鼓起掌，显得很不自在。我觉得大多数人似乎宁愿看他放过那女人，去寻找更合适的嘲弄对象。

他慢慢地走过舞台，低着头，双手在背后交缠。他的身体动作表明他的思维正活跃，"灵媒，你是说，你和其他渠道有沟通？"

"什么？不……现在我只和灵魂沟通。"

"和死者？"

她点头。即便在黑暗中我也能感觉到她脖子后的血管在颤动。

"哦……"他假装明白地点着头。我能看出他在挖空心思琢磨这种场合该说的精言妙语。"那没准这位灵媒女士能给我讲讲——等一下，你从哪里来，拇指姑娘那里吗？"

"你不可以这么叫我。"

"抱歉。"他很快撤退，明白自己越界了。也不全是废话，我在餐巾纸上写道。

"我现在就住在本地，内坦亚附近，"她说，脸部表情因为方才的伤人话依然紧绷着，"就在本地的一个村里……那里的人都……像我一样。不过我小时候就住在你们这片。"

"你就住在白金汉宫附近？"他大声说道，声音嗡嗡作响，又引起了几声轻笑。我发现他迟疑了半秒钟，决定不再揪着"我小时候"不放了。我觉得就这么探究他的警戒红线是件好玩的事，会隐约察觉到他的情感和尊严的轨迹。

不过此时我明白了她要告诉他的是什么。

"不，"她的声音依然僵硬，有板有眼，"白金汉宫在英国。我知道因为——"

"什么？你刚才说啥？"

"我也做词条检索，我知道所有国——"

"不，在那之前？约阿夫？"

经理在她上头打了道光。在她灰色锥形发髻上出现一道紫光。她比我想象的更苍老，不过脸部皮肤光滑，象牙一般。她的鼻子很塌，眼皮肿肿的，不过从某个角度看，还是依稀能看到模糊、朦胧的美。

在几双眼睛的注视下，她僵住了。年轻的摩托车手兴奋地低语着。她激发了人们心里的某种东西，我知道是什么。是恶之花，就是那种曾经让我在法庭上失去分寸的东西。我通过别人的目光打量她：她穿着晚礼服，头发上插着玫瑰花，抹着口红。她就像一个小姑娘硬扮成了淑女，走在大街上，而她也明白有糟糕的事情要降临了。

"你以前是我邻居？"他迟疑地问。

"是的，就住在罗梅玛，你一上台我就发现了。"她低下头轻声说道，"你压根没什么变化。"

"我压根没变化？"他哼着鼻子说，"我压根没变化？"他用手遮着眼睛，专注地打量她。大家都照他的样子做，被眼前的这一幕震住了，现实活生生地变成了一个笑话。

"你肯定就是我吗？"

"当然。"她咯咯笑着，脸色明朗起来，"你就是那个会倒立行走的男孩。"

全场安静下来。我嘴发干，我以前只看到他倒立走过一次，那天是我们最后一次见面。

"你总是倒立着。"她笑着，用手捂住嘴。

"那些日子我几乎不用脚走路。"他小声说。

"你的手撑着大靴子，跟在女人身后走。"

他轻轻地喘气。

"有一次，"她继续道，"就在你爸爸的理发店里，我看到有人倒立着，都没认出是你。"

人们看着这两人，都不知该作何反应。他焦躁、愠怒地看了我一眼。这一出可不在计划内，他用秘密电波告诉我，这完全无法接受。我是想让你看看我的本真面目，没有任何修饰的。于是他走近舞台边缘，单膝跪地，一只手依然放在前额，他看着她，说："你刚才说你叫什么名字来着？"

"这并不重要……"她把脑袋缩进双肩，脖颈后面有一块小小的凸起。

"这很重要。"他说。

"阿祖莱伊，我父母是埃兹里和埃斯特，都安息了。"她端详着他，想看到对方认出自己。"你肯定已经不记得他们了。我们在那里没住多久。我的哥哥弟弟到你爸爸那里剪过头发。"她有些忘情，话说得更结巴了，就像有什么滚烫的东西卡在喉咙里。"我那时还小，八岁半吧，你大概到了受戒年龄 ①，总是倒立行走，甚至就这样和我说话，头朝下——"

"就是那样我才能偷窥你的裙底嘛。"他朝观众挤眼睛。

她拼命摇头，头顶的发髻摇晃着。"不，这不是真话！你对我讲过三次话，我穿着长裙，是蓝色格子的，我也对你说话了，虽

---

① 犹太男孩满 13 岁开始负有宗教义务。

44

然当时是不允许的——"

"当时不允许吗?"听到这话他追着不放,"为什么呢? 为什么不允许呢?"

"已经不重要了。"

"天呐,怎么会不重要!"他吼道,"他们对你说了什么?"

她固执地摇着头。

"告诉我他们说了什么。"

"说你是个疯子,"她终于说了出来,"可我还是和你说话了,说了三次。"

她沉默了,看着自己的手指头,脸上闪着汗珠子。她身后那桌的女人倚过身子,对着丈夫低语着什么。丈夫点着头。我感到非常疑惑,晕乎乎的。我飞快地在餐巾纸上记录着,想理清头绪:当年我认识他,她也认识他,这个台上的男人。

"你是说我们有过三次谈话?"他咽了一口口水,露出痛苦的表情,"好吧,这样也很不错……"他努力维持镇定,朝观众使了个眼色,"想必你记得我们谈了什么吧?"

"第一次你对我说我们曾经见过。"

"在哪里?"

"你说的,你生活中的一切对你而言都是第二次发生的事情。"

"这么多年过去了,你还记得我这些话啊?"

"你还说我们小时候一起遭遇了大屠杀,经历了《圣经》里的事情,或是洞穴生活,说你记不太真切了,这就是我们第一次谈话的内容,你还说自己是戏剧演员,而我是舞者——"

"女士们先生们!"他打断了她的话,跳起身,迅速走开了。"咱们这里有位稀有人物，他确实打小时候起就代表大家见证了一切！我不是告诉过你们，不是提醒过了吗？这个乡下白痴，疯孩子！你们都听见了。他还巧遇了小姑娘们！最重要的是，他生活在梦境中。我们一同经历大屠杀、圣经故事……是你说的！"此时他咧着大嘴笑起来，露出了牙齿，可是他的笑容没有感染任何人。然后他瞠目结舌地瞥了我一眼，像是突然怀疑这小个子女人的出现是我操纵的。我抱歉地摇摇头。有啥好道歉的呢？我根本不认识她。我从来没和他一起到过他家附近，因为每次我提出要陪他回家时，他都拒绝了，还找各种理由，讲了一些又冗长又复杂的故事。

"我希望大家明白，我总是碰到这样的事！"他几乎是在高喊，"连我家附近的动物都会拿我开玩笑！真的，有一只黑猫每次我经过它都朝我啐一口。你告诉他们这是真的，亲爱的！"

"不，不。"正当他这么对观众说时，她的两条短腿在桌子下面踢着，好像有人扼住了她，而她正挣扎地喘气，"你就是那个——"

"等一下，我们过去是不是经常一起玩医生和护士的游戏，而我是当护士的？"

"根本不是！"她喊着，用力挣脱椅子，站起身来。真是难以相信她的个子居然这么小。"你干吗要这样？你原本是个好孩子！"

全场安静下来。

"怎么回事？"他哼着鼻子说，一边脸颊突然红起来，仿佛挨了一记耳光，而且是比他打自己更凶狠响亮的耳光。"你刚才叫我什么来着？"

她又爬回到椅子上，垂头丧气的样子，显得很不开心。

"你知道的，拇指姑娘，我可以告你损害我的名声。"他拍打着自己的双腿，笑着。他知道如何让笑声从腹腔深处滚出来，可是观众，几乎所有人都没有跟着做出反应。

她低着头，在桌子底下摆弄自己的手指，都是些细腻的小动作。双手手指彼此相向，然后相互交叉，交缠起来，宛若颇有章法的秘密舞蹈。

一片沉寂。表演顿时陷入僵局。他拿掉眼镜，用力揉着双眼。观众转开了目光。一种钝涩的不安在全场弥漫开来，就像是低语的谣言从远处传来，渗入其中，瓦解破坏着一切。

他当然能感觉到当晚的表演效果在慢慢消散，于是立刻做出了某种障碍滑雪的动作。他瞪大眼睛，露出开心的表情。"你们真是最不可思议、独一无二的观众！"他喊着，又恢复了四处跑动的姿态，将那双愚蠢的牛仔靴踩得踢踏响。"朋友们，你们如此尊贵可亲，每一位都……"尽管他竭力要消除方才的不快，可是冷场气氛就像臭屁一样在封闭的空间里久久不散。"这可不容易！"他喊着，张开双臂做了个很大的拥抱姿势。"活到五十七岁可真不容易，尤其是幸存之后，就像我们刚才听说的那样，在大屠杀和《圣经》中幸存之后！"

那个女人缩回身子，脑袋深深地埋在双肩下面，他的声音更响了，试图要将她的沉默吞噬。

"在这个年纪，最好的事情就是你能清楚地看到标示上写着：这里住着快乐的杜瓦雷和蠕虫们。朋友们，大家好！"他高声喊道，"你们能来太好了！我们要在此共度狂野之夜！大家来自全国各地，有耶路撒冷、贝尔谢巴①、罗什艾因……"

观众席后面有人喊着："还有阿里埃勒来的！埃弗拉特的！"

他露出吃惊的表情。"等一下，您是从定居点过来的？那还有谁留下来打阿拉伯人呢？开玩笑！您也知道我是在开玩笑，是吧？来吧，这会儿好好补偿一下。拿走这两千万美元，这样您就能买秋千和警车顶灯，用来建设文化中心，纪念巴鲁克·戈德斯坦这个凶——哎哟，我是说圣人，愿上帝为他申冤雪耻。还不够？没问题！再拿走一亩地和一头山羊，整群羊都拿走吧，拿走整个养牛业，整个国家都行，老天哪！哦，没错，你们早就这么做了！"

掌声消退下去。坐在场地边缘的几个年轻人，显然是正在休假的军人，他们猛敲着桌子。

"没事的，老板！约阿夫，我的朋友。看看他的脸！有啥好担心的，老板？我发誓，决不再说这类话了，不说了，我说话算话，相信我，我明白的，只是刚才脱口而出，仅此而已，不再谈政治，不谈侵占、巴勒斯坦人、全球、现实，不谈什么两个以色列人走出希伯伦老城②。哦，没事的，约阿夫，下不为例，保证是最后一次……"

我想我明白他正在干什么，明白他拼命想要什么，可是约阿夫坚定地摇头，观众也不想听政治。全场再次响起了口哨声和砸拳头的声音，大伙儿让他言归正传讲脱口秀。"耐心点儿，各位，"他催促道，"你们会喜欢这个笑话的，会爱死它的，我保证，听好了。有一个阿拉伯人走在希伯伦的大街上，旁边是两个以色列人。

---

① 是以色列南部内盖夫沙漠中最大的城市。
② 希伯伦位于约旦河西岸，只有少数以色列人住在老城，并且安保森严。

我们就称他为小艾哈迈德。"口哨声和跺脚声小了下去。有些客人露出了笑容。"突然，他们听到军队的扩音喇叭响了，说五分钟后要对阿拉伯人实行宵禁。一个以色列人就把步枪从肩膀上取下，把一颗子弹送进了小艾哈迈德的脑袋。另一位略感惊讶：'老天，我神圣的兄弟，你干吗要这么做？'那位神圣兄弟看着他，说道：'我知道他住在哪里，反正他是来不及回家了。'"

观众尴尬地笑了笑，有人大声表示不满，其中一位女性还发出了嘘声。不过夜总会经理咯咯笑起来，声音短促尖利，令人惊讶，引得人们放松地笑起来。

"瞧见没，约阿夫？"他开心地说。他觉得自己的伎俩起效了。"什么都没发生！这就是幽默的神奇之处，有时候你就是觉得好笑！如果你问我，朋友们，我得说那可是左派最大的难题，他们都不知道该怎么笑。真的，难道你们见过左派人士笑吗？我敢保证你们百分之一千没见过。连独处时都不笑，就是这样。不知为何他们就是没有幽默感。"他从腹腔里发出了一阵阵笑声，大伙儿也跟着笑起来。"你们想过没有，如果世上没有了左派会怎样？"他瞥了一眼约阿夫，又看了看观众，觉得也许大家对他多了点儿信任，便继续说下去。"试想一下，这有多好笑，内坦亚，我亲爱的。把你们的眼睛闭上一分钟，想象一个你能为所欲为的世界，什么都能做！没人会给你开罚单，没有罚单，没有警告，没有扣分！电视上没有臭脸，报纸上没有讨厌的社论！没有五十年来无时无刻不在给我们洗脑的谎话。没有自怨自艾的犹太人！"观众有了积极回应，他们心悦诚服，他也被大家的热情激发，一边小心翼翼地避开那个小个子女人。"你们想让某个巴勒斯坦人的小村庄宵禁一周吗？行，那就宵禁！一天接着一天，又一天，你喜欢几天就几天……"他又瞥了瞥经理，"拿左派开玩笑不算政治，是吧，约阿夫？只是事实，对吧？很好，我们说到哪里了？哦，对了，你们想看到阿拉伯人在哨卡跳舞吗？行！只要喊一声，他们就跳，他们还会唱歌，脱衣服。我可真喜欢那个异域国度的活色生香！哨卡的独特氛围确实让他们很开放，他们真是可爱，在哨卡里唱着：'只要心里还有一个犹太人'！^①"他这样唱国歌，观众都不知道该作出什么样的反应。"还有他们和女性的接触方式！这里的兵哥哥，那里的兵哥哥，兵哥哥们，随便×我吧！"他转动身子，跟着节奏扭着臀部和两瓣屁股，还慢慢地、故意拍着手，"这里的兵哥哥，那里的兵哥哥，兵哥哥们，随便×我吧！"他的身影倒映在身后的铜瓮上，呈现出模糊的波纹。几个男人也跟着舞动起来，他唱歌的样子煽动了他们，他们用自己的方式尖声模仿起阿拉伯口音来。当兵的唱得最响。这时有三四个女人也加入进来，音频很高，不时还漏掉了一些词，便用热情的鼓掌来弥补。其中一人大声"哎哟"叫着。不过我觉得整个跟唱似乎不太像，根本不像。表演者在嘲弄观众，玩弄大家，可是过了一会儿，又似乎是观众狡猾地把他拉入了他自己设下的圈套，这种互动让他们相互成了某种避实就虚、巧妙侵犯的同谋，此时他把歌唱者分成了男声和女声，还满腔热情地指挥大家，并淌下了做作的眼泪，全场几乎人人都跟随他歌唱欢呼起来。接着，我开始怀疑他的目的就是要制造这种共鸣效果，让我们内心有所触动，激发起一种

---

① 以色列国歌"希望之歌"的第一句，原文为希伯来文。

50

莫名而复杂的快感，这种快感既让我们觉得厌恶，又为之着迷。此时这位指挥手掌一挥，操控了所有人的声音，一时间全场安静，音乐停顿，我几乎能察觉到他正暗暗数着节拍，一、二、三、四，接着他再次冲到台前："你们想在早餐前封掉几口井吗，我正义的朋友们？好吧，现在你们的仙母救星来了，她会把魔棒给你使用一周——切，是五十年！这是报应式的公正吗？是终身行政拘留吗？是人体盾牌？"他将手掌举过头顶，缓慢而有节奏地拍打着，双脚在木质舞台上重重地跺着，观众也随之加入进来，夜总会里声音雷动回响。"你们要玩一轮强征大富翁吗？玩金-宵禁-拉米？还是路障-钓鱼？玩赛门说开灯关灯！玩无菌公路？还是玩艾哈迈德撒尿保鲜农产品？"①他越说越兴奋，表情更加敏捷夸张，仿佛有人正用钢笔勾勒形象似的。"你们无所不能！"他喊道，"一切都可以！行动吧，亲爱的小家伙们，实现所有的梦想吧！不过记住，亲爱的，魔棒是不能永远玩下去的，它有一个小小的失灵系统。哦，该死的！"他愤怒地转动眼睛，像孩子般跺着脚，"没错，这该死的魔棒有个缺陷！不过你们早知道了，是吧，我亲爱的小豆子们？因为你们最终发现——"他在舞台边弯下身子，一只手悄悄捂住嘴巴，"仙母救星是个薄情的骚妇。仙母救星就是这样的。她任性善变，也就是说，等我们开心地玩了一会儿，就会轮

---

① 杜瓦雷编造出的几个游戏名字，其中夹进了以巴冲突中双方的一些行为："强征大富翁"，暗指以色列人对巴勒斯坦人强征强收费用；"金-宵禁-拉米"，以色列人经常实施"宵禁"，"金拉米"是一种儿童牌戏；"路障-钓鱼"，以色列人经常在道路上摆放的"路障"；"赛门说开灯关灯"，可能指经常因战争冲突而断电的情况；"无菌公路"，可能指不允许某些人（如被认为是危险分子等）通行的道路；"艾哈迈德撒尿保鲜农产品"，指集市上巴勒斯坦摊主向以色列顾客出售农产品前往产品上撒尿的行为。

到我们——想不到吧！——在他们的路障前唱起'我的国，我的国！'① 哦，没错，就是那些巴勒斯坦人，他们会让我们唱他们的国歌，于是我们便唱起他们的口号：'凯巴尔，凯巴尔，你们犹太人听好了，穆罕默德的大军必将杀回来！'② 和我一起唱，我正义的朋友们！你们自由的灵魂，你们！你们自由放养的土鸡，你们！凯巴尔，凯巴尔，你们犹太人听好了……"观众们这次可没被煽动，大家用手敲击桌面，吹着口哨，发着嘘声，他们可并不傻。一个剃光头的高个子小伙，也许是休假的士兵，他起劲地吹着口哨，差点儿要绊倒在椅子上。

"好吧，你是对的，你没错！"他举起双手投降，很讨好地笑着，并不失风度，"干吗尽想着这些东西？要发生还早得很呢，而且约阿夫说得对极了，不谈政治！在你们孩子还没长大成人前这种事绝不会发生，那也是他们要面对的难题了。再说谁会让他们待在这里不走尽吃些我们丢下的东西呢？现在何必杞人忧天？干吗争辩纠结打内战呢？何必去想它？干吗去想呢？为什么都不想鼓鼓掌！"他欢呼着，脖子上青筋暴突。"嗨，约阿夫！干吗不把灯打亮一些，这样我们就能看看这里究竟发生了什么！打亮它！是的，照亮全场……嗨，这里，亲爱的，你能来太好了！我猜埃迪·阿什肯纳齐③的演出票卖完了吧？听着，你们热不热？怎么可能不热呢？看看我，都大汗淋漓了。"他嗅了嗅腋窝，深深地

① 巴勒斯坦（非官方）国歌第一句，原文为阿拉伯语。
② 传说中7世纪穆斯林与犹太人发生过征战的一处阿拉伯地名。巴勒斯坦人与以色列士兵对峙时常喊这句口号，原文为阿拉伯语。
③ 以色列著名喜剧女演员、电视节目主持人。

吸气。"啊——！这会儿需要卖麝香的，可他又跑去哪里了呢？把空调打开吧，伙计！干脆对咱们大方点儿！我买单！我们说到哪儿了？"

他有些焦虑，神色涣散。方才的一番狂飙好像并没有让他摆脱那个小个子女人的影响。我能感觉到。观众也感觉到了。

"我们说到了魔棒的缺陷……我的国，我的国……还有厄运临头的下一代……速记员能把最后几句话重复记录一下吗……"他在舞台上走着之字形，不安地偷瞥了一下那个小个子女人，她正埋头坐着。他做出了促狭的嘲笑表情。我开始明白这表情了。那是内心剧烈起伏的突然泄露，或者也许是深埋的情绪突然爆发的前兆。

"很不错的小伙子，呃？棒小伙子……"他呢喃着，脸部扭曲，好像内心被踩踊，"你是个暴徒，我敢保证！我们在哪里见过？难道这就是我在生日该遇上的，是占卜者吗？你想干吗，内坦亚？难道连瓶香槟王都不带来吗？你得拿出独特的东西米孝敬我！我的意思是，好好想想，全世界我这个级别的表演者，他们得有热辣的裸体小妞从蛋糕里跳出来，知道吗？也许可以让她从奥利奥里跳出来！开玩笑啦，别愁眉苦脸的，振作点儿，小家伙，都是玩笑话，别哭了，别……哦，别这样……不，亲爱的……"

她并没有哭，她的脸痛苦地扭曲着，但是没有哭。他瞪着她，表情不由地回应着她。他走到扶手椅旁坐下来，显得疲惫沮丧。有人吹毛求疵道："继续啊，醒醒吧！"一个穿着蓝色运动服的瘦削男子喊着，"赶紧好好表演吧！难道你要对她实施集体诊疗？"这话引起了阵阵笑声。大家开始醒悟过来，像是从一个奇怪的梦里惊醒。吧台边桌子旁的一个女人喊道："你干吗不喝杯牛奶呢？"她的朋友们鼓起掌来，四下的桌子旁传来了阵阵笑声和鼓动声。杜瓦雷竖起一根手指，在扶手椅背后摸索着，然后抽出了一个很大的红色长颈瓶。有几位观众早已开心地笑起来，我试图理解这些第二次或第三次又来看他表演的人们，他们到底收获了些什么呢？

尽是些陈词滥调，他究竟要表述什么呢？

也许我留下来是件好事，我感到一丝怪异的兴奋。留下来看个究竟也挺好。

他向四周挥了挥长颈瓶，瓶子上印着黑色的手写体英文：牛奶。观众欢呼着。他慢慢打开盖子，呷了一口，贪婪地舔舔嘴唇，咧嘴笑道："啊……去年的味道，就像妓女给老头儿吹箫时说的。"他又很快地喝起来，喉结凸起。然后他将瓶子放在两脚之间的地板上，在扶手椅上坐了挺长一会儿。他朝小个子女人看了好久，摇着头，露出迷惑的表情。他上半身往前倾，脑袋埋在双膝间，双臂垂在两腿外侧。你几乎察觉不到他身体呼吸的起伏。

全场又安静了下来；空气突然凝滞。我想，每个人都会以为他再也站不起来了，就像我们都会觉得在某个地方，在某个遥远、无常的法庭上，有一枚硬币正被人抛起来，其中一面会落地。

他这是要干吗？我心想。在这么短的时间里，他干吗要企图让观众们，甚至包括我，在某种意义上成为他心灵的家人？成为他灵魂的人质？

他并不急于起身摆脱这怪异的姿势。相反，他越埋越深。稀疏的头发盖在头顶，从这个视角看，他的身体缩成一团，显得格外渺小苍老，远远老于他的年龄，差不多是干瘪枯槁的。

我谨慎地朝四下望，尽量不惊动任何人。大多数人都身子前倾，盯着他看，呆呆的样子。其中有一个年轻的摩托车手慢慢舔着下嘴唇，这几乎是我看到的唯一举动。

他终于将身子从扶手椅深处拖了出来，站起身，挺直了躯干，面对我们，他脸上出现了新的表情。

"等一下，保持住，安静！停下一切，重新开始。把整个夜晚重新过一遍！之前全错了！删掉！退回一格！我并不是指你们弄错了——你们都很棒。不是你们，是我。我没弄明白自己可以有多大的改变。老天啊……"他双手抱住头，"你们难以相信今晚这儿会发生什么，内坦亚！哦，内坦亚，钻石之城，你们都是鸿运当头的观众。你们今晚要拥有奇迹了。你们中头奖了！"他对观众们说着，眼睛瞪着我，试图要告诉我有紧急情况，非常错综复杂。"我已经决定——经过周全考虑，又和被经理用自来水慷慨地稀释过的猫牌葡萄酒①好好协商了一番——祝你成功，约阿夫，我的挚爱——总之，我已经决定……我决定了什么……让我想想……我怎么语无伦次起来。哦，对了，我已经决定，为了对你们赶来庆祝我的生日表示我个人的感谢，尽管有一只小鸟对我低声耳语着——顺便说一下，耳语是因为她嗓子坏了，禽流感——说你们可能真的忘了今天是我生日……"

他停住不说了，好像在斟酌着什么复杂的念头，考虑下一步

---

① 智利一著名葡萄酒品牌。

该怎么走，这让我们焦躁不安。

"可是你们还是来了，为了这份好意，因为你们全体都来为我庆祝，我不由得决定要在今晚送你们一个小小的礼物作纪念，发自我内心的。我就是这样的人，慷慨是我的本性，杜瓦·慷慨·格林斯坦，这将是我墓碑上的姓名。下面刻着：这里埋葬着伟大的潜能。再下面一点儿则是：斯巴鲁一九九八年款一辆，完好无损。不过说句私下的贴己话，朋友们，我要送你们什么呢？钱，大家都知道的，我身无分文，除了背脊上的T恤，我甚至连背脊都没有了。我有五个孩子，可是一个都不归我，我一生最大的贡献就是建立了一个家庭，大而团结的家庭，他们集体反对我。到底线了，内坦亚，你们明白了吧，我一无所有。不过我还是打算要送你们点儿什么，这东西我从没送过其他人。崭新的，是一则生活故事。是的，是最好的故事。我已经为之着迷，沉浸其中了——怎么了，六号桌的？干吗这么紧张，伙计？只不过是个故事，不用绞尽脑汁的，甚至根本不费脑筋。只是些词汇，声响效果，一只耳朵进，一只耳朵出就可以了。"

他又看看我，目光急切地投过来，像是在祈求什么。

"我想让您来看我表演，"那天晚上，我拼命推说自己身体不好，说很抱歉，他就在电话上这么说，"您只要坐上一个半小时，至多两个小时，根据当晚的情况决定。我这边会为您安排靠边的桌子，这样就没人打扰您了。给您提供酒水、食品，如果需要的话也可以派出租车，全部我请，我还会支付您为此所需要的任何费用。"

"等一下，我还是不明白这是啥任务。"

"说实话，如果您愿意，您可以录音的，可以用手机拍照，我无所谓。只要您来看表演。"

"然后呢？"

"然后，如果您愿意，给我来个电话，说说您的想法。"

"听着，你这么做是为了什么呢？"

他思考了足足三十秒钟时间。

"不为什么，为我自己，我也不知道。听着，这想法莫名其妙就有了，我突然想这么做，就这样。是时候了。"

我笑了起来，"我来分析一下啊。你是想让我对你的表演做出点评？或者你只是想知道自己究竟说得如何？可是这两方面我都不是能胜任的人选啊。"

"不，当然不是……您怎么这么说……"他暗中偷笑着，"相信我，我很清楚自己说得怎样。"他深深地吸了口气，又迅速呼出，好像下面要说这段话已经排练了很久。"我想听听，如果您没意见的话，听听像您，阿维沙伊这样的人，像您这样训练有素的人士的看法，我的意思是说，像您这样一辈子都在观察别人，而且瞬间就能一针见血看透别人的——"

"喂，喂，喂，"我打断他，"你这话就有点儿不靠谱了。"

"不，不，我只是想……我知道自己在说些什么。我以前常在报纸上阅读关于您审过的一些案子。我跟踪这些新闻报道，他们还引用您的裁决，引用您关于被告和律师的那些话，您的观点犀利透彻。我最近不太读到了，不过我记得您处理过一些大案子，当时全国……相信我，阿维沙伊，阁下，我也不知道该怎么称呼您，这类事情上我是有眼光的，有时就像在阅读一本书。"

他的淳朴把我逗乐了，不仅如此，我想起了自己的那些裁决词，从头到尾每个字都斟酌打磨过，有时候我会出于谨慎节制的考虑，当然，不能摆架子，会用一个生动的隐喻或从佩索阿、卡瓦菲斯 ① 或内森·扎克 ② 的诗歌里引用一句诗，甚至用我自己的诗化意象。顿时，我对那些遗忘的珍宝又满怀骄傲起来。

我的脑海中闪过这样一个画面：大约五年前，塔玛拉坐在厨房里，一条腿压在身子下面，餐桌上摆着一杯放了新鲜薄荷的热水，她用一支笔头尖细的铅笔轻轻敲打牙齿，那声音简直让我要发疯，一边阅读我写的那些东西，"对富有情感的形容词和效果强烈的意象，以及阁下偏好的那些煽情表述进行条分缕析的梳理。"（我当时正在客厅里，来回走动，等着她的判决。）

"难道你要的就是这个？"我笑起来，呼吸都不由得急促了，"你想要一份个人裁决？想来一回司法体制私有化吗？要法官亲自出面？这主意不错……"

"裁决？"他显得很惊讶，"您说裁决是什么意思？"

"哦，难道不是吗？我以为也许你想对我说什么，这样我就能——"

"可是您干吗说'裁决'？"仿佛微微有一阵寒冷凛冽的风拂过电话。他咽下了一口口水，"只是想让您来看我表演，看一会儿，确实如此而已，然后告诉我——不过可别对我有怜悯，这是关键——说个两三句，我知道您可以的，这也是我选择您的原

---

① 卡瓦菲斯（1863—1933），希腊现代诗人。
② 内森·扎克（1930— ），以色列当代著名诗人。

因……"他又窃笑起来，不过这回我听出他声音里有疑虑。

我很清楚他有所隐瞒，甚至有些东西连他自己都没弄明白。我又问了几个问题，换了不同的角度，用自己的敏锐试探着，可是没用。除了觉得我应该去"看"他这个模糊的愿望，他完全无法阐明什么。他心怀某种天真、幼稚的希望，觉得哪怕我们四十多年未见，彼此依然能迅速达成那种深刻的理解，我能感觉到这种希望正在逐渐消退。

"这么说吧……"正当我要拒绝，他低语道，"这么说吧，您就坐在那里看我表演一个小时，一个半小时吧，就这样，到时看当晚的具体情形，然后您给我个电话，或者写个邮件，随便怎样都行，能收到某人的邮件而不是催款信总是好的，一页就行，哪怕几行字也可以，甚至一句话。我是说，您是有能力用一句话点破一个人的——"

"可是写些什么呢？关于什么？"

他又咯咯笑起来，有些尴尬，"我想我大概是希望您能告诉我，我做的事情其实是……不，没关系的，算我没说。"

"您接着说……"

"我的意思是，您知道，别人看我表演会得到些什么？他们看着我时是怎么想的……关于那些我说的事情。您能明白吗？"

我说不明白。狗抬头看我，像是闻到了撒谎的气味。

"好吧，"他叹了口气，"您该睡觉了，我估计这是行不通的。"

"慢，你接着说。"

于是就在那时刻，他体内像是有什么东西打开了，倾泻出来："说我在街上遇到某人，他像是不认识我，从来没见过我。第一眼，砰！他想起什么没？他脑海里回忆起了什么没？我不知道该怎么解释自己的……"

我站起身，拿着话筒在厨房里走来走去。

"可是我曾经见过你。"我提醒他。

"都那么多年了，"他立即回答道，"我已经变了，您也不是从前那样了。"

我想起来了：他蓝色的眼睛，对于他那张脸显得过大，还有突出的双唇，让他有种怪异的尖嘴鸭的特点。他就是敏捷、跳跃的小生命。

"那种东西，"他温柔地说，"那种令人难以抑制住的东西吗？那种只有他具有的东西？"

是个性的光芒，我想。是内在的光辉，或者是内在的黑暗。是秘密，是独特性在战栗。是在描述一个人时难以言表的东西，超乎了具体发生在此人身上的事情和那些本不该发生却害了他的事情。很多年前，就是那件事情，当时我刚当上法官，天真地发誓要洞察每一个站在我面前的人，无论是被告还是证人。我一旦发了誓就决不姑息，这是我做出判断的出发点。

"我差不多三年没当法官了，"我突然冲动地说，"我已经退休了，大概有三年时间了。"

"已经退了？发生了什么？"

有那么一瞬间我还真想告诉他实情，"我提前退休了。"

"那您现在干点儿什么？"

"没干什么。在家里坐坐，弄弄园艺，读读书。"他没说话。我感觉到了他的谨慎，我喜欢这样的反应。"因为，"让我自己都诧异的是，我开始解释起来，"我的裁决对体制而言过于苛刻。"

"哦。"

"太咄咄逼人，"我自嘲着，"最高法院将它们整体推翻了。"

我还告诉他，面对着一些厚颜无耻撒谎的证人、对被害者犯下令人发指的卑劣罪行的被告以及那些在审讯中不停折磨被害者的律师，我曾经大发雷霆。"我错就错在，"我继续说着，好像自己常常和他谈日常生活似的，"有一次我对一位声名显赫、前途无量的律师说，我认为他就是人渣。这事让我彻底碰壁。"

"我不知道还有这样的事情，我最近一直没有关注新闻。"

"这类事情在我们系统内部处理得悄无声息而又迅速。就三四个月时间，整件事就结束了。"我笑了，"您瞧，有时候正义之轮行进得飞快。"

他没有回应。我对自己无法让一位喜剧演员发笑感到略有些失望。

"每一次当我在某处看到您的名字，"他说，"我就会想起往事，那时候我对您在做什么、住哪里，都充满了好奇。我还想，不知您还记不记得我。我看着您如日中天，真心为您高兴，真的。"

狗发出了轻柔的、几乎像人的叹息声。我没法制止它。太像塔玛拉了，无论是气味、触感、长相，都有她的特征。

我们又陷入了沉默，不过这一次不同。我在想不知人们对我的第一印象是怎样的？他们依然能看出我不久前的样子吗？我所经历的爱在我身上留下了什么印记没有？是重生的印记？我已经很久没有到过那些地方了，这些想法让我感到困惑，开始让我

61

心潮澎湃。我依然有一种自己正在犯错的感觉，不过也许，换个视角，这个错误对我是好的。于是我说："假如我答应你，而我现在还不能保证答应你，你得明白我是不会同情你的。"

他笑了，"您忘了那是我的事儿，与您无关。"

我便说他这个主意听起来就像是有人雇了杀手来杀自己。

他又笑起来，"我知道您错不了的，只是要记住，仅此一次，要实话实说。"

我也笑了，往日的那点儿依稀尚存、温暖而遗忘已久的感觉又回来了。我们彼此道别，语调里有了一种新的轻松感，甚至是一种复苏的亲切感。只有在那时，也许因为相互说了道别的话，我突然心头一震：我想起在贝尔奥拉 ①，当我们还在一起，在加德纳营地时，他遭遇了什么，我又遭遇了什么。有几秒钟时间，我完全僵住，心里一阵惊恐，我居然会忘掉这件事。

他竟然不提醒我，甚至连一个字都不说。

"不过大家得耐心地等一会儿，朋友们，因为这个故事，我对上帝发誓，这个故事我从没在演出中讲过，一次都没说过，从没对任何人讲过，而今晚我打算说出来……"

他越是用力咧嘴笑，他的表情就越阴沉。他看着我，无奈地耸耸肩。他整个人的姿态像是在表示，他终于要做出这个巨大的、灾难性的一跃，他别无选择，只能跳了。

"好吧，新鲜出炉的内容，连包装都没有拆。我连腹稿都没打

---

① 以色列南部一处居民区，原先为加德纳军事基地所在地。

好，也就是说，女士们先生们，你们都成了我的小白鼠。我为你疯狂，内坦亚！"

掌声和欢呼声再次响起。他从长颈瓶里又呷了一口，喉结格外突出，自上而下凸显，每个人都注意到了他非常焦渴，他也察觉到观众们的反应。喉结不动了，他的目光从长颈瓶径直投向观众。他那略带诧异的尴尬几乎令人感动，声音拔高到了尖利的程度，"内坦亚，这被遗弃的工程！你还在吗？没有被吓跑吧？太好了，你真棒，我这会儿需要你的陪伴，我想让你拥抱我，就像我是你失散已久的兄弟。同样，你们就是灵媒。今晚你们让我感到惊讶，我得承认这一点，你们从那个地方赶来，而对此我早已……那个地方白人已经很久没有涉足……"他卷起裤腿，露出瘦骨嶙峋、羊皮纸般裸露的皮肤和骨头，一边盯着它看，"好吧，行，这不是黄种人的腿。但是，我还是很高兴你们来了，大家都来做灵媒。我不知道是什么让你们今晚过来的，反正你们来了，而且你们会对这个故事产生专业兴趣，因为它是关于……怎么说呢……其中涉及一种鬼魂。也许你们也与它通过话，可是我得提醒你们——记得打对方付费电话！"

"言归正传，这故事很难讲，说真的，是个凶杀案，可以这么说，只是不清楚到底谁被杀了，不清楚该不该算凶杀，也不清楚到底是谁被人杀死了。"他很快小丑似地咧嘴笑起来，"好了，不说废话了，我现在就开始讲这个疯狂而滑稽的故事，关于我的第一次葬礼！"

他在扶手椅四周手舞足蹈着，对着空气挥拳头，还猛击了几下，假装闪躲，而后又出击。"像蝴蝶般翩翩飞舞，如蜜蜂般蜇人，"他吟唱着哼出一段旋律。观众席里零星传来咯咯笑声，有人在清嗓子，这表明大家放松了，愉快地期待着故事。可是我又开始觉得不安了，极为不安。我身旁的桌子离出口只有五步之遥。

"我的第一——次葬——礼！"他再次强调，这一回还有演出指挥的号角声伴奏。房间边上一位头发像稻草的瘦削女子发出了断续的笑声，于是他尖着嗓音停下来，狠狠盯着她，"该死的，南内坦亚！我说'葬礼'你就觉得好笑吗？这是你的本能反应？"观众笑得更厉害了，可是他一点儿笑容都没有。他绕着舞台走，一边自言自语，做着手势。"这些人究竟怎么了？这种事情都能笑出来，这是怎样的一种人啊？不过你们看着好了。你们是在谋杀！7.2级杜瓦雷规模的地震。我真是看不懂这些人……"

他停下来，身子斜靠在扶手椅的背面。"我说的是'葬礼'，妹妹，"他朝着那个瘦削的女人说道，"难道给点儿怜悯很过分吗，亲爱的？给点儿仁慈吧——难道你没听过这话，麦克白夫人？仁慈！我的意思是，我们现在谈的是死亡，这位女士！为死神鼓掌吧！"他的嗓音突然变成了令人恐惧的怒吼，他张开双臂滑翔般跑过舞台，接着用手有节奏地在头顶上拍打，引得观众也加入进来，"为死神鼓掌吧！"大家尴尬地笑起来，那句口号让人们局促不安，他在台上飞奔着高喊，这让人们感到烦躁。大家盯着他，目光呆滞起来，这时我意识到他在干吗了：他要让自己显出狂怒的样子，以此来激怒观众。他让自己兴奋起来，也煽动着所有人。我不太明白这是怎么做到的，可这确实产生了效果。连我都感觉到了空气中的焦躁兴奋，感觉到了我身体内的激动，我对自己说，也许就是因为当你面对一个如此彻底袒露本真的男人时，你很难无动于衷吧。可这并不能解释我内心涌动着的狂躁，它越发激烈起来。到处都有人加入进来，但都是男人。也许他们这么做是想让他安静下来，想用高喊声压过他的吼叫，可是很快人们就随着他一起喊起来。他们像是被什么带跑了，是节奏，是那股疯狂劲儿。"为死神鼓掌吧！"他高喊着，汗流浃背，气喘吁吁，脸颊上泛着病态的红晕。"把屋顶给掀了！"他尖声叫着，而那些年轻人，尤其是军人，也在头顶拍起掌来，一起呐喊着，而他则带着嘲弄的意味咧嘴笑着，煽动着人们，那两个骑摩托车的人竭力高呼，这时我才看出是一男一女，也许是双胞胎，他们五官鲜明，就像两只掠夺成性的小狗直盯着他看，丝毫不放过他的一举一动。吧台旁坐着的那几对人也激动起来，其中一人甚至跳到了椅子上手舞足蹈着。一个脸部凹陷、面色灰暗的憔悴男人疯狂地挥舞双手，大声喊着："为死神鼓掌吧！"三个古铜色皮肤的老妇也激动起来，瘦削的胳膊在空中挥舞，大喊大笑，眼泪都流下来了，而杜瓦雷本人正兴奋不已，他简直疯狂了，头和脚的动作快极了，笑声雷动，几近疯癫，我周围有六七十个人，男女老少，满嘴令人讨厌的跳跳糖——起初是怪异的嗡嗡声，人们还朝身旁斜睨着，接着某个人像是被激发了似的，于是一个接一个地爆发，呐喊让这些人脖子肿胀，瞬间大家就嗨了起来，就像一只只愚蠢和冒失的气球，脱离了万有引力，冲将着汇聚在一起，形成一股所向披靡的力量：为死神鼓掌吧！几乎所有观众都在呐喊，在有节奏地鼓掌，而我也——至少在心里鼓起掌来，干吗不呢？我为什么不呢？干吗不放纵一次，把那么多年板着的脸松弛下来，不要再压抑泪水胀红了眼睛。干吗不跳到椅子上，也拍着手大喊"为死神鼓掌吧"，在那该死的短短六周时间里，死神想方设法要从我这里夺走我深爱的人，那个让我对生命能充满渴望、感到喜悦的人，从我第一眼看到你的脸，你这张圆圆的、明朗的脸，那美丽、睿智的前额，强韧浓密的头发，我就愚蠢地相信这些都证明了你旺盛的生命力，还有你那结实、丰满、洒脱、舞动的身体——这些形容词怎么都没法从你身上抹去——你就是我的良药，我几乎干涸的单身生活中的滋养品，"公正清廉"几乎夺走了我的全部个性，可是你为我注入了所有抗体，改变了我之前的生命，你来了，带来了一切——

你啊，直到今天，我依然本能地讨厌写下确切的文字，哪怕只是写在餐巾纸上，你之前比我小十五岁，现在已经小十八岁了，每天都小更多。

你承诺过，你要牵我的手，你看着我时眼神总是那么温暖。你说那是爱的见证。没有人对我说过更深情的话了。

"和我生孩子吧，死神！"他呐喊着，像从瓶子里被释放的魔鬼一般四处跳跃，大汗淋漓，满脸通红。众人也高呼着，大声笑着，他咆哮着："死神，死神，你赢了！你最棒！带走我们吧，死神，让我们加入到大多数人当中！"我也随之高喊着，心脏都要蹦出来了，我敢说自己都要站起身和他一起呐喊了，哪怕这些人都认识我，哪怕这么做有损我的荣誉。我要站起身来和他一起呐喊，像胡狼对着月亮和星星嚎叫，她那些小块肥皂依然摆在淋浴间的盘子里，她粉红色的拖鞋还放在床下，还有我们过去常常一起为晚餐烹制的博洛尼亚意面——只要别让我看到那个闷闷不乐的侏儒用手指堵着她的两耳，像一根顽固不化的刺戳在我身上，我就真那么做了。

我垂下身子，觉得沮丧。

杜瓦雷弯下腰，把双手搭在膝盖上，张大嘴巴，露出骨感的微笑，汗水从他脸上淌下来。"停止，停止，"他央求观众，笑得上气不接下气，"你们太牛了，我受不了了。"

可是，他在那里晕头转向，还笑得直打嗝，众人却安静下来，很快恢复了镇定，他们用很不待见的眼光看着他。全场一片沉默，就在这片沉默里我们清醒地意识到，这男人已经完全透支了。

对他而言，这并非游戏。

大家坐回到椅子上，重重地喘息。服务员又开始在一张张桌子间穿梭。厨房的门不停地开开关关。大家突然都觉得口渴，都有点儿饿了。

他病了。我很肯定，并且觉得震惊。他是个病人，也许病得不轻。我方才怎么没看出来？我怎么会没想到呢？他其实都说得很明白了：前列腺、癌症，还有其他明显的暗示，可是我依然觉得这是糟糕的笑话，或是强讨同情的手段，没准他希望我们在做出艺术判断时稍微多点儿宽容，更别提我的判断了。我肯定想到过，如果我真想过的话，想到过哪怕他说的话本质是真实的，哪怕他确实曾病倒过，他现在的情况不会很糟糕，因为否则他就不会做脱口秀表演了，他就不会这样了，无论是体力还是脑力都达不到这效果的，是吧？

那么我又怎么理解这一切呢？我又如何解释这一事实，即我自己，凭着二十五年的观察和倾听的经验，以及不会错过任何线索的能力，怎么会对他的情况如此视而不见，如此自私漠然呢？他如此狂热的喋喋不休和神经质的笑话又是怎么影响了我，就像闪光灯直射癫痫病人？我又是怎么不断内省，反思自己的生活呢？

他是怎么做到的，在这样的状态下，最终使我获得了这样的感受，而近三年里我阅读的所有书籍、看过的所有电影、还有亲朋好友给予的所有慰藉，为什么全都无法使我有这样的感受呢？

表演开始后整整一个小时里，我直面着他的病情：瘦骨嶙峋的身体，令人恐惧的瘦削，可是我不愿意承认，尽管我有一部分脑子很明白这是事实。我忽略了它，虽然痛感越发剧烈，这种意识到这个不停蹦跳跑动、喋喋不休的男人不久于人世的痛感。存在！方才他还带着狡黠的微笑高喊来着。多么了不起、颠覆性的想法啊。

"所以，我的第一个葬礼……"他笑着，伸展开瘦削的胳膊，"各位有没有听过一个故事，说的是有几个人死了，去了天上的接待处，那里的人把这些人编进了天堂或内坦——我的意思是地狱，听过没？不，说真的，难道这不是最可怕的事情吗，即到头来拉比竟然是对的？地狱是确实存在的？"观众心不在焉地偷笑着，大家低下头，不愿意看着他。

"听着，伙计们，我说的是无所不包的地狱，是一个整体，有火，有长角的恶魔，还有小耙子、干草叉、酷刑轮、沸腾的焦油，以及撒旦使用的所有那些玩意儿……几个月来，一想到这些我一刻都没法合眼，真的，不骗你们，到了晚上情况最糟糕，这些念头简直要把我吞噬掉，我完全理解你们现在的想法：狗娘养的，我干吗非得在巴黎旅游时吃那些虾呢？非得在逾越节吃阿布戈什皮塔饼呢？我们为什么不全都投票给正统派犹太教呢？"他放低了

68

声音，低沉而有力，"太晚了，卑鄙小人，上焦油吧！"

全场哄笑。

"好吧，我说要讲讲自己的第一次葬礼，你们就笑起来，你们真可恶，你们这些没良心的家伙，冷酷得就像一月的阿什肯纳齐犹太人。我要说的是一个未满十四岁的孩子的故事，他叫杜维克，杜瓦雷，他妈妈的心头肉。看看我，瞧见没？就像这样子，不过不是秃头，没有胡子，不憎恶人性。"

他几乎是违心地看了看那个小个子女人，仿佛想确认一下她是赞同还是反对。我很难肯定他希望的是哪一种态度，我同时注意到，这是他第一次不先朝我看。

她不肯正视他，把眼睛转开了。每次她这么反应时，他就对自己进行恶意攻击，而她就默默地嚅动嘴唇。从我这桌的角度看，似乎他说什么她都用自己的话予以否定。他正思忖是否要再对她加以抨击。我觉得她身上有什么东西让他感到激愤难耐。他的唾液腺正要释放毒液——

他随她去了。

就在这一瞬间，他宛若一个动作敏捷、脸色苍白、大声笑着的小伙子轻松地走在公寓大楼后面的泥路上。他遇上了一位身穿格子连衣裙、身材非常娇小的女孩。他试图逗她笑。

"那个杜瓦雷，但愿我得到安息，只有花生粒大小，一钱不值，反正你们明白是啥样子，十四岁时我的身高几乎和现在一样，没再长高过。"他嘲讽地笑起来，大家也都预料到他会这样。"我保证你们能猜到，我值得信赖的朋友们，从垂直方向上看——"他慢慢用手自上而下划过身体，从脑袋到膝盖，"不知怎的，我就是干不成大事，不像原子裂变，而后发现了上帝粒子，众所周知，人们认为我对后者相当擅长。"他目光呆滞，一边温柔地触摸着私处，"啊，上帝粒子……可是说实话，在我家族里，我父亲这一方，有这样的一种现象，男性大约在受戒仪式的年龄上下达到巅峰，就是这样——突然停止生长！一生如此！这是有充分证明的，我很肯定，连门格勒①都研究我们，或是我们身上的一部分，尤其是大腿和前臂骨。是的，我们引起了那个优雅、内向的男人的好奇。我爸爸的家族至少有二十个人去过他的实验室，在那位善良的医生的帮助下，每个人都发现，他们的潜力是无穷的。"他咧嘴笑了，"可是只有我爸爸，我父亲本人，这个狡猾的杂种，他错过了被门格勒研究的大好机会，因为他以拓荒者的身份移民到了以色列，在它翻天覆地前三十秒抵达。不过，我妈妈也遇到了他，我指的是那位医生，她全家人都遇到了他。可以这么说，其实，他以特殊的方式成了我们的家庭医生，你们懂吗？难道不是吗？"他对着观众眨眼睛，大家越发沉默了。

"试想一下，尽管那家伙非常忙碌，整个欧洲都有人前往他那里看病，挤上火车奔向他那里，可他还是有时间为这些人一一问诊。虽然他肯定不愿听其他人的意见。你只能听他的，而且只有很短的会诊时间：右边，左边，左边，左边……"

大约有十五次或更多次，他的脑袋猛地向左扭，就像时钟上的指针被卡住了。观众席里传来一阵抱怨和不满的声音。人们在椅子里坐立不安，交换着眼神。可是也有犹豫不决的咯咯笑声，

---

① 臭名昭著的纳粹集中营医生，有"死亡天使"之称。

特别是年轻一些的观众。只有那两个骑摩托车的笑得肆意。他们的鼻环和唇环闪着光泽。我邻桌的女人朝他们看，而后站起身，叹着气走了出去。人们盯着她。她丈夫显得很无奈，又坐了一会儿，然后紧跟着她去了。

杜瓦雷走到一块小黑板前，黑板就架在舞台后面的木架子上，我这时才注意到它的存在。他拿起一根红粉笔，画了一条直线，旁边又画了一条短一些的曲线。人群中传来咯咯笑声和低语。

"想象一下，杜瓦雷就像这样子：有点儿木讷，有一张你恨不得抽几下耳光的脸，眼镜片这么厚，短裤系着腰带，腰带都系到乳头这么高了——我爸爸以前常买比我尺码大上四倍的短裤；他对我有很高的期望。现在把所有这些都倒过来，手倒立。看见没？明白了吗？明白这里的窍门了吗？"他停下来，想了想，然后一头栽下去，双手撑着木地板。他下半身颤抖着，试图倒立起来。他的双腿扑腾着，而后倒向了一边，脸部挤压着地板。

"我无论是去哪里，都是这个样子。不管是把书包背在胸前晃荡着去上学，还是在房间里、在走廊上、在卧室通往厨房的途中，来来回回上千次了，直到我爸爸回家。在我家附近，在院子里，上下台阶都很容易，我摔倒了，就站起来，再跳着用手倒立。"他继续说着。看到他这个样子真令人难受，他一动不动地趴在那里，只有嘴巴在动，张开着，嚅动着。"我也不知道是从哪里开始的。其实我知道，我是为了表演给我妈妈看，就是这样开始的。我过去经常在晚间给她表演这些动作，直到费加罗回到家里，我们这才一本正经起来。一天，不知怎的，我刚把双手撑到地板上，两条腿往上一蹬，第一次就摔了下来，第二次也摔了，妈妈鼓起掌来，以为我是故意逗她笑的。"他停住了，闭上眼睛，突然，他只是一副躯体了，毫无生气。我确信自己听到周围传来了其他人失望的低语：这家伙到底在干吗？

他默默地站起来，身体各部位依次离开地面，胳膊、大腿、脑袋、手和臀部，就像有人正在捡起散落的衣物。观众发出微微的笑声，这种笑今晚我还是第一次听到。那是对他的精准、微妙以及表演才华表示惊叹。

"我敢肯定我妈妈很享受这个，于是我再一次把腿往上蹬，摇晃着，跌下来，再蹬，她又笑了。我真的听到她笑了。于是我一次又一次地试着，直到找准位置，把头放稳了。我镇定下来，觉得很开心。我只听到耳朵里的血流声，接着是一片平静，所有的噪声都停止了，我觉得自己就像是终于在空中世界找到了独属于自己的位置。"

他笨拙地偷笑起来，我想起他让我洞察他：留意某样违背个人意志跑出来的东西。这东西世上也许只有一个人拥有。

"还要再听吗？"他问，几乎有些害羞。

"再讲一两个笑话，老兄？"有人喊着，另一个男人咕哝着："我们就是来听笑话的！"一个女人朝他们喊着："难道你们今天没觉得他本人就是笑话吗？"话音刚落，一阵爆笑。

"我在平衡上没有问题，"他继续着，不过我发现他内心受到了伤害，嘴唇都白了。"其实，我正常用脚站立时也总是会觉得有些摇晃，觉得要摔倒，一直很担心。在我住的社区有一个美好的传统，就是揍杜瓦雷。不用郑重其事的，就是这里拍一下，那里踢一脚，往腹部轻轻打上一拳头。并没什么恶意，只是，你们都明白的，只是做做样子，就像往卡上盖个戳记下时间。今天揍了你的杜瓦雷没？"

他朝那个嘲笑他的女人猛地瞥了一眼。大家都笑了，我没有笑。我在贝尔奥拉，在加德纳营地见过这一幕，一连四个整天。

"不过当我用手倒立时，你们知道的，没有人会揍倒立行走的小孩。这是事实。假如说，你想打一个倒立着的小孩，好，那你怎么打他的脸？我是说，你不会弯下身子趴到地上去打脸，对吧？或者，假如你想踢他，那你到底该怎么踢呢？他的蛋蛋这会儿到底在哪儿呢？很困惑，是吧？真虚幻！也许你甚至会有点儿怕他。是啊，因为一个倒立的小孩可不是笑话。有时候——"他悄悄瞥了瞥那个灵媒，"你甚至会觉得他是个疯孩子。妈妈，妈妈，看啊，一个用手走路的男孩！闭嘴，看那个割自己手腕的男人！哎哟……"他叹了口气，"我完全就是个疯子。你们可以问她，我当时在那一带就是个笑话。"他用拇指指着她的方向，目光并没有朝那里望。她聆听着，好像在掂量着每个词，而后坚定地不住摇头：不。

"老天，还要怎样……"他举起双手，看着我，明显有所指，我再次觉得他认为她的在场和我有关，好像我故意传唤了一个恶意证人。

"她让我焦躁不安，"他大声地自言自语，"我不干了，她打乱了我的节奏，我正要构思一个故事，可这女人……"他摸着胸口，重重地按压着，"伙计们听好了，别听她的，行吗？我真被弄得晕头转向的，都不知道该怎么玩下去了，玩完了。这位小个子女士，您摇头是啥意思？难道您比我更了解我自己吗？"他真恼火起来了。

表演进行不下去了。好像出了点儿事，观众都被吸引过去，尽管有些焦虑，他们显然很乐意放弃初衷，至少停下几分钟来。我竭力想再次克服袭上心头的麻痹感。我想让自己清醒清醒，迎接下一幕。我确信会有什么事情要发生。

"举个例子，一天，有人来找我爸，对他说我干了这个，干了那个，说我用手倒立行走，说有人看到我在街上倒立行走，跟在我妈妈身后。你们这下子明白了吧，这里插一句，当时我们的正事就是要五点半准时在公共汽车站等她，她当时正下班，我们要陪她走回家，确保她不迷路，不走到其他地方去，不偷偷溜进城堡参加国王的宴席……你们就假装听明白了。很棒的城市，内坦亚。"众人大笑，我想起了那个"高级官员"，还有他紧张兮兮地往自己瘦削的手腕上那只时度表不停看看的样子。

"还有一个好处，即当我双手倒立着行走时，就不会有人关注她了，懂吗？她就能整日盯着地面走路，头顶一块破布，脚上套着橡胶靴，这样一下子就没人觉得她不正常了，她之前老是觉得别人会这么看她，这下子邻居们也不会再议论她，男人也不会从百叶窗后面偷窥她，大家都一直看我，她就轻松自由了。"他语速很快，声音坚定，显然要阻止任何人打断他的话，观众躁动起来，他们和他之间不由地开始了一场无形的拉锯战。

"可是沙特汉德老爹 [①] 听闻我四处倒立行走，想都不想就狠揍了我一顿，又老生常谈地骂了我一通，什么我让他蒙羞丢脸啦，

[①] 出自电影《老沙特汉德》(又称《阿帕奇人的最后一战》)，其中的主人公最早出现在德国作家卡尔·梅 (Karl May，1842—1912) 的小说里。

什么就是因为我别人瞧不起他啦，还说如果他再听有人说我倒立，就打断我的手，此外还要把我倒吊在吊灯支架上。一旦发起火来，我老爸就唠叨个没完，可我最受不了的就是他说这些唠叨话时的眼神。说真的，你们还从没见过那样的眼神。"他窃笑着，不过效果很一般，"想想黑色弹珠，明白没？小小的黑色弹珠，除了弹珠是铁做的之外。那双眼睛像是出了问题，它们靠得很拢，睁得圆圆的。这样说吧，你们要是盯着那对眼睛看上两秒钟，就会觉得那是一只小兽，它正把你搅得天翻地覆。"

他见之前的窃笑没什么效果，就跑到舞台边沿，发出一通气出丹田、感染人的大笑，而后又穿过舞台，竭力想动起来搞活气氛。"那么你当时都是怎么回应的，杜瓦雷？现在你也许得问自己这样的问题了，我知道你们很焦虑：小杜瓦雷怎么回应的？我又直立行走了，这就是我的回应。难道我还有别的选择吗？我爸爸可不是好惹的，在我们家里，如果你不明白这个道理，即一神论统治，他就是上帝，一切听他的，如果你胆敢不从，皮带就抽出来了——啪！"他做出抽打的动作，脖子上青筋凸起，脸部扭曲着，露出恐惧和憎恶的表情，可是嘴型是微笑的表情，或者说是激动难耐的样子，有那么片刻我仿佛看到了一个小男孩，我认识的一个小男孩，可这孩子我之前显然并不了解，我越来越明白自己之前了解得太少；他真是个演员，天呐，太会演了，即便是那个时候，当时要表演出对我的友好该费多大的力气啊——一个小男孩被困在餐桌和墙壁间，而他的父亲则用皮带抽打他。

他从没对我说过，提都没提过，说他父亲揍他，也没说他在学校挨揍，说过有人要伤害他。相反，他看上去那么开心，那么讨人喜欢，他轻快、乐观的情绪曾吸引过我，几乎带着魔力，把我从自己的童年和家中引出来，让我走出了冷酷、黑暗和莫名的隐秘。

他继续施展着表演式的微笑，不过那个小个子女人在他挥舞的手臂下畏缩着，仿佛对方正拿皮带抽打着她。她发出几乎无声的叹息，而他那双黑色的眼睛迅速喷发出怒火，目光围着她转动，像是一条蛇要吞噬她。突然，她的身体仿佛大了起来，这个固执、古怪的小个子女人，像一位自封的勇士，要为这个几十年前就认识的男孩的灵魂而斗争，尽管这个男人身上昔日的影子几乎荡然无存。

"好吧，既然老爸说不许用手倒立着走，那我就不走了。可是我又想，那该干点儿啥呢？我该怎样拯救我自己呢？你们懂我的意思吗？我该怎么做才不会因为直立行走而丢了小命？我该怎么办呢？当时我就是这么想来着；我总是这么坐立不安的。好吧，看来他是要我和大家一样走路咯？好极了，那我就照他希望的做吧，我就用脚走路吧，我要做个好孩子，可是这样子走路我就得遵守象棋的规则，是吧？"

观众们望着他，努力思考着他这话是什么意思。

"比如说，"他咯咯笑着，用力做着鬼脸，想引得大家和他一起笑，"有一天我只能走对角线，走象的步子，第二天我只走直线，就是车的步子，然后走马步，一步——两步——，然后我发现人们就像在和我玩象棋。倒不是说他们明白是怎么回事，当然了，他们怎么可能明白呢？可是他们都有各自的角色，整条街就是我的棋盘，整个学校操场在下课时……"

我又回想起我们俩一起走路说话了。他围着我打转，让我感到晕乎乎的，一会儿从这里跳出来，一会儿又从那里蹦出来。谁知道他在玩啥游戏，而我居然参与其中呢？

　　"我冲着我爸爸走马的步子，就是说，当他在牛仔裤间锯布条时——别着急，相信我，存在着某个地方，能让这句子合情合理——我得在地砖上牢牢扎稳脚跟，这样我就能保护好我母亲，就是王后，我得站在他和妈妈之间，还要对他平静地说：'将军。'然后我要等上几秒钟，给他时间考虑怎么走，如果他不能及时走出下一步，那就被我彻底将死了。我狡猾吧？如果你明白了我脑子里盘算的是什么，难道不会冲着这个小孩笑吗？难道你不会疑惑，这该死的家伙多耽误他的童年啊？"

　　他把最后几个字冲着那个小个子女人猛砸过去，连看都不看她，不过他的话对她产生了作用，她直起身子，喊出了绝望而可怕的声音："别说了！你是最善良的！你没叫我'侏儒'，也没有把我带去仓库，你还称我为'皮茨'，'皮茨'很好，你还记得吗？"

　　"不记得了。"他站在她面前，双手无力地垂在两侧。

　　"我们第二次说话时，你用嘴给我叼来了从报纸上剪下来的伊莎多拉·邓肯①的照片，我现在还保存在家里。你怎么会忘了呢？"

　　"我不记得了，女士。"他低语，露出尴尬表情。

　　"你为什么叫我女士？"她喃喃道。

　　他叹了口气，摩挲着两边太阳穴上稀疏的头发。当然，他感

_____

① 美国舞蹈家，现代舞的开创者。

觉到整场表演又要开始失衡了。他觉得孤立无援，身子比整棵大树都要沉重。观众也感觉到了这一点，大家面面相觑，坐立不安起来。人们越来越弄不懂自己不经意间进入了怎样一种情形。我敢保证大家一定觉得早就该起身走人了，甚至干脆把他嘘下场，怎奈一时迷惑情不自禁，一心想着要看他人怎么倒霉悲惨。

"我没事！杜瓦雷满血复活！"他喊着，张大嘴，做出虚假的、诱惑人的笑容。"想象一下，小杜瓦，满脸五彩的青春痘，放烟花似的，还没到变声期，更是从没摸过奶头，可是他的左手却强劲有力，令人难以置信，因为他身材小，就得用强悍来弥补……"

他继续胡扯着，插科打诨。过了几分钟，我的胃部感到一种空洞感，一种沉陷的感觉，一种突如其来的饥饿袭来，我非得立刻压抑住。我要了点心，并让服务员尽快拿来。

"想想看，在青少年时期，世上的一切都让我们感到兴奋难耐，简直邪乎，是吧？就好比你们上几何课，老师说道，请看这个等腰三角形的两条腿边……班里所有人都会呼吸急促，流口水……啊……或者老师这么说，请在圆的中心点上画一条垂直线……"他闭上眼睛，做出吮吸的动作，嘴唇舌头一起蠕动咂吧。观众吃吃地笑着，可是那个小个子女人瞪着他，表情十分痛苦，我都不知道她究竟是觉得心痛还是在嘲讽。

"长话短说，我们班向南走前往一个叫贝尔奥拉的地方，靠近埃拉特，参加加德纳训练营，还记得吗？那里是训练以色列未来的战士的？"

没错。顺便说一句。自从我们通过电话后又过了两个星期，我一直等着他过来，拉我和他一起去那个深渊般的地方。

"记得在加德纳的那些日子吗，亲爱的朋友们？有谁知道他们现在还让高中生参加训练营吗？是？不是？是？"

全场陷入了长时间的沉默。

我离大门只有五步之遥。

我即将领教这个甜蜜的报复。

这是我应得的。

"我敢拿一百万来赌，那些左派不再搞加德纳营了，是吧？我也不知道，我只是猜想，我知道当有人觉得有趣，尤其是这就像给孩子们军训的时候，他们是受不了的，呸！我们到底是在斯巴达还是以色列？！"

他是在不断煽风点火，我早知道了，我看出来了。我坐直了身子。他并没有让我觉得措手不及。

他继续兴奋地低语着："我们出发了！早上五点，天还没亮，家长们把半梦半醒的我们放到了转运中心——开玩笑啦！"他拍着手腕，"我都不知怎么就脱口而出了，肯定是因为秽语多动症。每个孩子允许带上一个背包。他们点名集合，让我们上了卡车，然后我们和父母道别，再坐上十个钟头，就坐在木头座位上，累惨了。我们面对面坐着，晕车呕吐谁都躲闪不开，每个人都膝盖对着膝盖，我对着的是希姆雄·卡特佐夫，也没什么特别的。我们唱着愚蠢的赞美诗和青年运动之歌。你们知道的，都是些好歌，比如她每天晚上扭着腿，她把牙齿放入玻璃杯……"几个女人开始兴奋地唱起来，他冷冷地看了她们一眼。"哎，这位灵媒，"他问着，并没朝她看，"也许你能让我和那个年纪的自己接触一下？"

"不，我只能在自己村里的俱乐部做，只能通接逝者。"

"那很好啊。再说了，我根本不想去那个营地，这你也明白。我从没离家一周过，从没离开他们那么久。从没有原因要离开。那时不作兴出国的，我们这类人肯定不出去。去国外，对于我们来说，只可能是灭绝。我们也不会环游以色列，那我们会去哪里呢？谁会盼着我们去呢？就我们三人，妈妈、爸爸、小孩，那天早晨我们站在卡车旁，说实话，我有点儿惊慌。我不知道，就是觉得整件事不对劲，我就像是有第六感，或者也许我害怕了，我也不知道，把他们俩撇下——"

他和同学去了贝尔奥拉，我和我的同学也去了。照理说我们并不在一个营地。他们学校是在不同的营地登记（我想应该是在斯德伯克），可是组织者又有了新想法，结果我们尽管分属不同营地，却被安排在同一排同一个帐篷里。

"于是我就对爸爸说我感觉不舒服，让他带我回家，可他说'没门'。真的，他就是这么说的，于是我变得更加紧张，都哭了起来，想找条地缝钻进去……"

"我是说，现在想起这件事，我真觉得有点儿怪，自己居然会当众哭出来。想象一下：我差不多十四岁了，还愣头愣脑的，可是我爸爸气得面红耳赤。他被我们惹恼了，因为我妈看到我哭，她也哭了起来；她总是这个样子，只要有人哭，她就会哭。爸爸最讨厌看她哭，每次都会心烦意乱，他会激动起来，尤其对她，这是无疑的，他确实很爱他，我爸爸，哦，正如别人所说的，不可理喻，可他是爱她的，这点我得承认，确实如此，也许这就像一只松鼠或一只老鼠发现了一块漂亮的玻璃碎片，或是一颗彩色弹珠，忍不住会一直盯着看……"他微笑着，"还记得他们以前有过很漂亮的弹珠吗？记得那个里面有蝴蝶的？她就是那种弹珠，我妈妈。"

观众中有几位是记得的，我也记得，还有一个银灰色短发的高个子女人。我们差不多年纪。大家纷纷说起了弹珠的名字，什么猫眼弹珠、玩具弹珠、滑油弹珠，等等。我也提了一种，即荷兰产的藏着花朵的弹珠，边说边把绿色的餐巾捂在胸口。年纪轻一些的观众见我们如此兴奋，吃吃地笑了起来。杜瓦雷站在那里咧嘴大笑，享受着感人一刻。接着，他对着我做出一个弹弹珠的动作，脸上温柔友好的表情让我颇感困惑。

"这是一种不真切的感觉，说实话，因为对他来说，或者至少貌似如此，我妈妈就是天赐的礼物，是某种珍稀品，他得好好保护，可同时他又觉得似乎有人在说：看好了，伙计，你只是保管者，明白吗？你并不真的能拥有她，你得保持距离。你也能理解《圣经》里所说的——哦，顺便说一下，内坦亚，《圣经》棒极了！那么引人入胜！我得给它竖大拇指。要不是我如此克制，我甚至会称它为书中之书。而且它里面到处是脏点！所以，不管怎样，我马上要引用一句《圣经》的话，'亚当认识了自己的妻子夏娃'，对吧？"有几人回答道："对的。""好，棒极了，亚当先生，你是真男人。不过得注意其中的认识她是什么意思。这话不是说理解她，对吧，姑娘们？我说得对吧？"女人们欢呼起来，她们反应热烈，令他感到轻飘飘的。他咧嘴笑，好像要试着使个眼神将她们统统捕获了，可是我觉得每个人接收到的眼神又都略有不同。

"他就是不理解，我爸爸没法理解这个美丽的女人，她整天一句话都不说，就拿着本书坐在那里，房门紧闭，对他没有任何要求，什么都不想要，他使劲哄她逗她都不管用。不知怎么的，他拼命地要把理发店后面的仓库以每月两块五毛钱租给一户四口人家，哗一下就给租了！然后他买了一箱棉绒裤子，是从来自法国马赛的渔船上买的，上面的拉链有点儿坏了，这些东西在我们家里堆了两年时间。哈利路亚！每天晚上她就和他一起坐在厨房餐桌旁，几年如一日，她比他还高出一个头，坐在那里就像雕像——"他伸出双臂，就像听话的小学生，或是像囚犯伸出手来戴手铐，"然后他会打开账本，那里面的字就像苍蝇粪便，都是各种他为顾客和供货商起的代码名字，哪些人有诚信，哪些人占过他的便宜。其中有法老、索斯诺维茨的甜心、莎拉·伯恩哈特、齐斯·布莱特巴特、戈培尔、拉姆科夫斯基、迈尔·威尔纳①、戴维·本-古里安……他会非常兴奋，你们真该看看他当时的样子，还流着汗，满脸通红，手指在数字上晃动，这一切都是为了向她表明，好像她在和他争论，甚至听到了他在说什么似的，表明在某某年某某月，他曾经有足够多的钱，多到我们可以搬进位于科雅莫什②的一套两卧室有阳台的公寓。"

他抬头看着观众，好像一时忘记自己讲到哪里了，不过他很快就恢复常态，微笑地表示歉意，耸了耸肩。

---

① 伯恩哈特（Sarah Bernhardt, 1844—1923），著名法国女演员；布莱特巴特（Zishe Breitbart, 1883—1925），波兰出生的著名马戏团演员；戈培尔（Joseph Goebbels, 1897—1945），纳粹德国宣传部长，希特勒的核心助手之一；拉姆科夫斯基（Chaim Rumkowski, 1877—1944），波兰犹太人、商人，"二战"时期被纳粹德国任命为波兰罗兹犹太人隔都首脑；威尔纳（Meir Vilner, 1918—2003），以色列共产党主要领导人之一。
② 耶路撒冷一地区。

"我们坐了十个小时的公共汽车，来到郊区的某个地方，就在内盖夫之外，也许是在阿拉瓦①，靠近埃拉特的某个地方。让我想想……我得试着和之前的自己沟通一下……"他转着眼睛，把脑袋往后靠，咕哝着，"我想想……棕红色的山脉，一片沙漠，还有帐篷，以及军官的营房，有食堂，挂在桅杆上的被扯裂的以色列旗、一片柴油坑、用得快不行了的破旧发动机、受戒仪式中常用来放礼物的饭盒子，我们还得在水龙头下面冲洗饭盒子，用脏兮兮的海绵和冷水去擦，结果上面油腻腻的——"

观众都听得津津有味，对熟悉的东西他游刃有余起来。我们曾经在那里住过四天，杜瓦雷和我，我们在一个排里，大多数时间我们都在同一个帐篷里睡觉，在同一张餐桌上吃饭，彼此没有讲过一句话。

"这个训练营的训导员，或者叫教官，我想人们就是这么称呼的，他们都有自己的烦心事。每个人都像没睡醒似的。真正的部队是不会要他们的，所以他们只能来加德纳营地管管孩子。有一个人是斗鸡眼，连眼前一英寸的地方都看不清楚，还有一个是平足，一个来自霍隆。真的，十个人里面最多有一个是正常人。"

"亲爱的，"他叹着气转向那位灵媒，"你都把我的牛奶闷馊了。看看其他人都在笑！难道你不觉得我的笑话很滑稽吗？"

"不。"

"什么?! 全都不好笑？"

"你的笑话很糟糕。"她眼睛盯着桌子，手指紧紧捏着手提包

---

① 内盖夫和阿拉瓦是以色列南部的两处沙漠地带。

的带子。

"糟糕,就是因为不好笑?"他温柔地问,"或者,因为它们太刻薄?"

她迟疑了片刻,"都有。"最后她答道。

"也就是说我的笑话不好笑,而且很刻薄。"

她又想了一会儿,"没错。"

"可是脱口秀就是这样的。"

"那就是不对的。"

他久久地、困惑地看着她,"那你干吗来呢?"

"因为这里的人说有单口表演,可我以为是唱卡拉 OK。"

他们旁若无人地交谈着。

"好吧,既然现在你明白是怎么回事了,那你可以走了。"

"我不走。"

"那又为何呢?你不觉得好笑,待在这里多难受啊。"

"那倒是的。"她脸色阴郁起来,细微的表情展露无遗。其实,今晚我观察她的时间完全不亚于看表演。我这才意识到,自己的目光不停地在这两个人之间穿梭,并通过她的反应来反观他。

"拜托你还是走吧,否则我就更为难了。"

"我想留下来。"她噘着嘴,那一圈夸张的红色唇膏让她显得就像是感情受到伤害的小个子丑角。

杜瓦雷吸了口气,脸颊凹陷,他的眼睛似乎眯得更拢了。"好吧,"他低语,"不过我可提醒你,亲爱的,以后可别对着我哭。"

她盯着他,似乎没弄明白,然后缩回了目光。

"放弃吧,内坦亚!"他朝着她的方向吼道,"于是十个小时之后我们到了那里，住进了帐篷，大帐篷，有十个二十人一个帐篷，也许更少些？我记不得了，记不起来了，全都忘了，别相信我任何一句话，真的，我的脑袋就像筛子，不骗你们，以前我的孩子还记得他们有个爸爸，常过来看我，我会说：'哇！赶紧记得把你们的名牌贴上！'"观众发出了轻微的笑声。

"就在那里，在贝尔奥拉，他们教我们各种事情，都是自豪、年轻的希伯来人应该掌握的：如何爬墙，以备将来不得不再次逃离犹太人隔都；如何从污水管道潜逃；如何跳落、爬行、射击，我们称为'帕扎兹塔'①，这样纳粹就听不明白，就会大失所望。他们还让我们从塔上跳下，跳到一块帆布上，还记得吗？然后像蜥蜴一样在绳子上攀爬，还有日间行军和夜间行军，大汗淋漓，在酷暑中围着营地跑步，用捷克毛瑟枪连发五颗子弹射击，就像詹姆斯·邦德，而我——"他卖弄风情地拼命眨眼睛，"射击让我觉得离母亲更近了，它让我有一种家的感觉，因为我妈妈，不知我说过没？没有吗？我妈妈在技术援助管理处上班，是的，为耶路撒冷的以色列兵工厂工作。她是子弹分拣员，我亲爱的娇小的母亲，一周上六天班。是爸爸给她安排的，也许有人欠了他什么，于是他们就给了她这份工作，即使她身心都背负着沉重的包袱。我真的弄不明白老爸脑子里都在想些什么，他想干吗？一天九个小时，而且是分拣子弹：嗒嗒嗒嗒嗒！"他假装手里握着一把冲锋枪，朝各个方向发射，一边嘶哑地喊着，"贝尔奥拉，我来了！想想厨房杂活！想想大锅菜！还有疥疮！挠痒痒似的鸡毛蒜皮的小

---

① 一种特定的军事训练程序，原文为希伯来语。

事！都怪厨师让我腹泻个没完，祝福他，在米其林痢疾指南上赢得了三颗星——"

他已经有好几分钟没直视我了。

"到了晚上还有晚会和篝火，一起唱歌，用老式的办法灭火——他们就让我用下面那玩意儿灭了萤火虫，真是美妙时光，男孩女孩，阴阳调和地跳着勇士舞，我在聚会时嗨起来的样子你们都不会相信。我是全排的搞笑担当，他们和我一起笑，关注我，开心地让我打转，因为我个子小，分量轻，是那里年纪最小的，我跳过一次级，没啥大不了的，倒不是因为我最聪明，他们只是烦透了我，赶紧把我往上踢走算了。所以在加德纳训练营里，他们把我当作吉祥物，福娃杜瓦雷。在每次训练或射击前，每个孩子都走过来拍拍我的脑袋，不过都是善意的，完全没问题。小家伙，他们就这么称呼我。这是我第一次有了还不错的昵称，反正比破靴子或收破烂的要好。"

我就是那时候遇到他的。我来到营地，走进帐篷卸下行李，看到三个身材超大号的孩子来来回回地抛接着一个很大的军用背包，包里面有个男孩牲口似的不停尖叫。我不认识这些人，我们学校就我一个人被分到了这个帐篷里。我猜是加德纳训练营的老师把我们分开的，不过我到哪里都不合群。我记得自己就站在帐篷门帘处，一动不动。我禁不住一直盯着他们，那三个孩子都穿着汗衫，二头肌上闪着汗珠。军用包里的孩子不再叫了，他哭了起来，大家窃笑着，不说话，继续把他扔来扔去。

我在离入口不远的地方看到一张床空着，就把背包放在床上，背对着他们坐下来。我不敢打扰他们，不过也不能走出帐篷。这时我听到砰的一声巨响，赶紧跳起身。他们中有一个人肯定把军用包掉到了水泥地上。包很快裂开，一头黑色的卷发露了出来。我立即认出是他。他们也许是看到了我脸上的表情，因为都偷偷笑着。杜瓦雷跟随他们的目光，也盯着我，满脸的泪水。这样的相遇超乎我们的想象，几乎让我们不知所措。我们假装不认识，两人就像彼此的照相底片，几乎是同步协调的。他的尖叫让我喉头哽塞，至少我是这么感觉的。我把头仰得高高的，转开了目光，然后走了出去，听到他们还在咯咯笑着。

"那里还有男孩女孩之间的游戏，新鲜的荷尔蒙，情窦初开，青春痘在脸上欢快地爆长。我在那里还嫩着呢，你们也知道，我刚刚开始体验自我，只是看杂志、相片这类东西，真到了关键实战，我就只是个旁观者了。可我还真享受观察的乐趣！我就是从那时开始筑起了我一生的瞭望塔。"

他微笑着，人们也朝他微笑。他这是在向大家兜售什么呢？他还能卖自己身上的什么呢？

我们相遇后不久，我在食堂撞见他。既然我们住在一个帐篷里，我们也就在同一张餐桌上吃饭，不过，幸运的是，是分别在餐桌两头。我把盘子放在桌上，目不斜视，可是我还是看到他的同学把整个盐瓶扔进了他的汤里。他欢快地咂吧着嘴吃着，发出响亮的吸食声，大家都哈哈大笑。有人还把他头上的棒球帽一把抓走，然后把它在桌子两头抛来抛去，有时还掉进了餐盘里，最后又落回他的脑袋，汤汁滴滴答答淌下他的脸。他伸出舌头舔着滴下来的东西。这期间，在推推嚷嚷中，在一张张愚蠢的脸庞间，他的眼神与我的碰上，漠然而空洞。

吃完饭，他们会往他嘴里塞半根香蕉，而他抓着自己的肋骨，像猴子一样嚎叫着，直到教官命令他闭嘴坐下。

到了晚上，熄灯后大家都躺在床上，帐篷里的男孩子就让他讲讲自己梦见班里一个女孩的情形，这个女孩特别漂亮。他便讲述起来。他的那番话让我不敢相信是出自他的口，但确实是他的声音，他的语调，他的丰富想象。我一动不动地躺着，几乎屏住呼吸，我很肯定，如果他不在帐篷里，那这事肯定得落到我头上。

他班上的一个男孩突然跑过两排床铺，模仿起杜瓦雷的父亲来，还有一个起床开始表演他母亲。我用军用毯子蒙住脑袋。大家笑着，杜瓦雷也跟着笑了。他的声音没有变化，在大家低沉的声音中有一种怪异的新鲜感。有人说："假如我和格林斯坦一同走在街上，人们准会觉得我是和一个姑娘在一起！"帐篷里爆发出大笑。

第二晚之后，我向老师请求换帐篷。到了第三天晚上，我换了一张床，住到了另一个帐篷里，远远离开了他。可是我依然能感觉到余震。第四晚他们安排我和班上的一个女孩站岗，我就不再想杜瓦雷了。

他说得对：我把他挡在了记忆之外。

"到了晚上，人人都在帐篷之间摸黑窜来窜去的，到处是'啊''哦''把手拿开''你这个傻瓜''来嘛，让我试试'，还有

'好恶心，你舌头上是什么？'以及'把手放这里，摸摸看'，'我今天真的真的不行'，'我妈会杀了我'，'你把这些都解开了究竟想干吗'，'这是啥，呸，你朝我喷的是啥玩意儿'，再有'你这狗娘养的，拉链夹住我的……'"

观众们笑得前仰后合，他仍然没朝我看。我等着，我准备好了。再过一两分钟他会转向我，对我咧嘴笑：真是巧啊！这世界可真小！尊敬的阿维沙伊·拉扎尔居然也在这里！

第二天早上，我得到许可，从射击场回帐篷拿落下的水壶。我还记得突然一个人的感觉好极了，摆脱了嘈杂和喊叫声，还有无处不在的命令；离开他也让人轻松，不用为他的在场感到经受折磨。空气如此清冽，到处都有抚慰人心的清新感。（这会儿我在写的时候，还能感觉到清晨洗漱时水和肥皂的味道，当时它们就汇聚在帐篷水泥地面的凹坑里。）

我坐在床上，帐篷的门帘掀开着，我可以静静地看着沙漠，眼前的美景让我感到震撼，也感到一丝抚慰。我努力清空大脑，就在这时，也许因为那个瞬间我是卸下防备的，便开始觉得喉咙深处有想要大哭的感觉，这感觉我之前从未体验过。那是一种痛苦、怅惘的感觉，我意识到自己即将失去控制。

突然，杜瓦雷走了进来，看到我他愣住了。他迟疑着，几乎是趔趄地走到自己床边，开始在背包里摸索起来。我也俯身对着背包开始摸索，把脸埋在里面，立即止住了哭的冲动。过了一两分钟，我没听到任何声响，知道他已经离开了，我抬起头。他竟然站在自己床边，脸正对着我，双臂垂在身体两侧。我们交换着阴郁、迟钝的眼神；他的双唇颤动着，也许他想说什么，也许他想挤出笑容来，这样我就能记住他，记住我们之间的事。当时我准是露出了警惕、反感或是厌恶的表情，他的脸扭曲着，颤抖着。

事情就是这样。当我再次抬头看，他正往帐篷外走。

"然后，到了第三天，"他喊道，"也许是第四天，谁记得住啊？谁他妈的什么都记得住啊？我的记忆，我那宝贵的记忆……总之，我们围成一圈坐在地上，太阳火辣辣疯了似地晒在我们身上。假如还有荫凉地方，那只有头顶上眼巴巴等着我们倒地暴毙的秃鹰投下的影子了。斗鸡眼的训导员正在教我们怎么做伪装之类的，突然一个女兵跑出基地指挥官的营房，我觉得她是一名中士，她冲我们跑过来，砰——砰——砰，这身姑娘材娇小，却好像分量挺重的，不知道各位懂我的意思吗？她跑得军装都扯开了，双腿就像母鹿，每条腿就是一整只母鹿——呵呵———眨眼她已经跑到了我们围成的圈子边，训导员都来不及喊'立正!'，只听她上气不接下气地嚷道：'格林斯坦，杜瓦! 他在队里吗？'"

我记得这事。不是记得女兵本人，而是她尖声喊他名字的样子，把我吓得从白日梦里惊醒过来。他的名字突然被人喊出来，我差点儿惊慌地跳起身喊："到!"

"就在那个时候，就在那个地方，我心里涌起一股腐烂的感觉。我班上的所有同学，我亲爱的朋友们，他们都指着我喊道：'就是他!'好像他们是在告诉她：'就是这个人! 把他带走，不

90

是我！'瞧瞧这些朋友……是吧？"他笑着，故意不看我，"他们在做这种选人游戏①时可没啥玩笑可开的，你们明白吧？于是那个女兵说道：'请立即跟我去指挥官那里。'我压着嗓子说：'可是长官，中士，我犯啥事了？'他们觉得我太滑稽了：'可是长官，中士，我犯啥事了？'大家都模仿起我来。接着他们一起叫着：'难道你们要批评他手淫吗？还是把帐篷熏臭了？'他们拿各种谎言挤对我，接着一起喊道：'把橡皮擦扔进监狱！把橡皮擦扔进监狱！'没错，橡皮擦就是我的另一个绰号。为什么？问得好！因为当年我长雀斑，现在我不长了，它们褪掉了，可是以前长得可多了，是的，没错，麻子脸，谢谢你想到了这个经典表述，十九桌的。"

他慢慢把头扭向那个激烈提问的人，这是他的老伎俩，眼神空洞地瞪着他。夜总会经理在那个壮实的男人头上打了追光，此人剃光了脑袋，穿着黄色夹克衫。杜瓦雷没有移开目光，他的眼睛眯成一条缝。观众呐喊着。

"好吧，晚上好，打扮成柠檬蛋白酥的托尼·索普拉诺先生！"他语调温柔地说道，"欢迎光临寒舍，祝你度过一个美妙的夜晚。我知道你这会儿正在药物治疗期间，我不胜荣幸，你选择了这个特殊的夜晚外出呼吸新鲜空气！"那个男人的妻子笑了，轻拍着他的背，而他则大声呼吸，一边把她抚摸的手晃开。"不错，老兄，很好，我们正乐着呢。约阿夫，给这位绅士上一份伏特加，我请客，别忘了放两颗阿普唑仑片和利他林……不，不，你没问题的，老兄，今晚到了最后你会得到基地组织颁发的情商奖。我不是在

---

① 纳粹在将犹太人送入集中营前根据其性别体质进行的所谓"挑选"，身体状况尚好的送去做苦役，其余的就地杀害。

嘲笑你，老兄，我是在和你一起开心，是吧？试想，我听过了几千次关于那个粉丝的笑话。我们班上有这样一个同学，你和他准能一见如故，他和你像极了，简直一模一样。"他把手捂在嘴边，对我们低声说，"简直一个模子里刻出来的，我开玩笑的，请坐吧！这是个笑话！每次那个同学看到我，每一次，连着他妈的八年了，他都会问我要不要拿块橡皮擦把雀斑擦了。这就是橡皮擦绰号的由来，懂了吗？今晚这里不会碰巧来了我的老同学吧，没有吧？没有？那我就能胡说八道啦！太棒了！总之，我站起身，把屁股上的沙子掸掉，顺便说一下，这就是沙漠风暴①的起因，然后我就跟着她从队上离开，而且我知道就是这么回事，我完蛋了。就在那个刹那，我忽然有一种感觉，觉得自己再也没法回去了。整件事情就这么结束了。我指的是我的童年。"

他从长颈瓶里呷了一口。整个夜总会也随之陷入了模糊却躁动的气氛。人们仍然等着看夜场表演如何进行下去，但已经不指望他了。我能感受到大家的反应，觉得就像体内的血糖骤然下降。我记起来：当年就在他答复那个女兵并站起身之前，他用目光找到我，久久地、恳求般地看着我。我当时避开了他的眼神。

"说起童年，"他低声道，"我想，你们也知道那时候人人都反对欺凌吧？呃，我是说，有些孩子就是活该被欺负。因为如果他们小时候不被欺负得一塌糊涂，那大了之后就更惨，你们懂我的意思吗？"

"不好笑？哦，我明白了。世故的观众，你们真是老练，还有

① 影射美国于 1991 年发动的海湾战争。

欧洲标准。好吧，没问题，我们换个方式，我觉得这下子会合你们的胃口。这里有一个小小的心理分析，外加情感研究。我，我小时候，对谁有人气谁不受欢迎这样的事，都有极为精准的衡量标准。我称之为鞋带标准。我来解释一下，比如说一群孩子放学步行回家，一边走，一边说话，说个不停，大喊大叫的，你们也知道，孩子嘛。其中一人蹲下来系鞋带。好了，如果大伙儿都马上停下来，我指的是每个人都这样，甚至包括那些朝其他方向看、没留意到他蹲下的人，如果他们都停在原地，等着他，那他就是有人气，很不错，是受欢迎的。但如果没有一个人注意到他，只有在毕业那年最后的某个时候，比如说在毕业典礼上，有人说：'嗨，有人知道那家伙停下来系鞋带时发生了什么吗？'好嘛，这时你们就知道了，那个家伙，他就是我。"

小个子女人蜷缩在椅子的边缘，嘴巴微微张开，双脚紧紧地合拢。他看了她一眼，又从长颈瓶里呷了一口，接着望着我，久久地、深深地凝望我。从他讲故事开始，他还是第一次这么直盯着我，我有一种异样的感觉，觉得他像是把焦点从那女人转到了我身上。

"长话短说，我跟着那个女兵，心里想着他们是为某事惩罚我，可我又能惹啥麻烦呢？怎么是我？全班最笨手笨脚的家伙，最蠢的人，最容易上当的呆瓜吗？一个乖孩子……"他朝那小个子女人眨眨眼，又很快看向我，"等一下，法官，这个词还能用吗？还有人用吗，'呆瓜'？不会已经成古董了吧？"

他的话语和眼神中毫无敌意，这让我感到困惑。我确认说这个词还能用。他默默地对自己重复念了几遍，我也禁不住跟着他念叨起来。

"不是这个原因，那就是和我父亲有关的。他总是会有怪念头，也许又觉得这整个加德纳营地不对劲，有损他的尊严，或者他没准发现加德纳和工党有关，而他是贝塔运动的人，或者，很有可能的是，他发现了我藏在自己房间百叶窗后面的黄色画报，于是要把我叫去质问。什么都有可能。对于他，你还真料不到接下来会出啥乱子。"

他站在舞台边缘，非常靠近前排的桌子，一边把手放在腋窝下面。有些人抬头看他，其他人深埋在椅子里，目光怪异而无力，好像他们已经不想跟着他的思维，却又不想移开视线。

"这时我意识到她是在对我说话，那个中士，她走得很快，一边说我得赶紧回家，来不及了，我得在四点赶到葬礼上。她没有把头转过来对着我，就像——我也不明白，就像她很怕看我似的，你们可别忘了这期间我的目光正好对着她的屁股，还真标致。其实，屁股通常是很撩人的话题。你们倒是说说看，伙计们，摸着良心说，我就是摸良心说话的，十三桌的！你对着我说说看，难道你见过有女人对自己的屁股满意的？天底下哪怕有一个女人？"

他继续说着，我看到他的嘴唇在不停地动。他挥着手，咧嘴笑。我脑子里开始弥漫起一股乳状的白色烟雾。

"你们都知道的，当她站在镜子前，往身后的一侧看看，然后朝另一侧再看看，顺便说一下，一谈起自己的屁股，女人能把头转三百六十五度，没问题的，绝对！这是科学！这是一种旋转动作，世间还有其他两种东西能做到这动作：向日葵和曲轴。于是她就像这样子转过来——"

他用动作展示着，身子差点儿后仰滑倒在桌子上。我环顾周围，看到很多洞眼，小小的深洞正开启着大笑。

"她看看我……她检查了一番……别忘了她脑子里还装有这种应用，谷歌屁股，可以在任何时刻拿自己的屁股与十七岁时的尺寸进行比较。慢慢地，她做出了这副表情，这表情只有在这种特殊情况下才会有，在拉丁语中称为'特殊脸'，或者用英语表述就是'屁股脸'。这时，她就像希腊悲剧里的女王，宣布道：'就是这样，它开始塌陷了。'不！比这更糟糕！它堕落了。你们懂吗？她说起话来的声音变得就像是自己屁股的社工！就像屁股，有了自己的自由意志，有所预谋，开始塌落，退出了社会，背弃了文明，变成了一只边缘屁股。你们随时会在巷子里发现它暴露出来。还有你们，我的哥们儿，假如你们此时恰好和她一起待在室内，你们当然会让她闭嘴。不许说话！你所说的一切都会被用来针对自己。假如你们对她说她在夸张，说它其实很可爱迷人，让人不禁想捏一下摸一把——那你们就完了：你们瞎了，你们是马屁精，是傻瓜，一点儿都不懂女人。另一方面，假如你们对她说她说得没错，那你们就死定了。"

他喘息着，这笑话算是讲完了。谁知道他之前有多少次这样的经历了。他的咬字不再饱满清晰，有些音节还被他吞掉了。观众们笑着。我依然希望自己听错了，错过了什么，没听到某个笑话。可是当我看着那个小个子灵媒，她的脸痛苦地扭曲着，我明白了。

"我们刚才讲到哪里呢？你太可爱了！真的，我都想带你们回家了。好吧，于是那屁股就走在我前面，她在前，我在后，我压根不知道她想干吗，那番关于葬礼的胡扯是啥意思，我还从没去过葬礼，没有机会，我来自一个小家庭，你们也知道的，之前说到过，妈妈、爸爸和孩子，我们从来没参加过葬礼，没有亲戚要死，只有他和她。等一下，我想起来了。既然我们说到了亲戚，这星期我从报纸上读到一则消息，说是科学家发现与人类基因最接近的生物，是某种失明的蠕虫，完全是原始生物。我发誓这是真的！蠕虫和我们，我们就像它！不过我开始觉得我们可能是家族的败家子，因为，如果不是的话，你们倒是说说看，为什么他们从来不邀请我们去参加聚会呢？"他又朝着空中挥出左勾拳。全场陷入严肃的沉默。我相信，他之前的话开始产生影响。

"好吧，我懂了，明白了。重新调整话题。刚才说到哪里了？妈妈、爸爸和孩子。没有大家庭，没有亲戚，说的是这些。就像百慕大三角洲一样沉默平静。是的，不时会发生点儿事情，倒不是说你们不管什么年纪都真的不会哪怕有一点点在乎，可是我确实意识到我父亲已经不再年轻，他的确也是全班父亲中最老的，我知道他血糖高，心脏、肾脏都不好，他吃药的，这我也知道，呃，其实我看得出来，大家也都看得出来，他的血压很高，他时刻得……我不知道……就像亚奇·邦克①时刻不停地和伊迪丝吵架，而妈妈，她也一样，虽然她要年轻许多，她背负了很多来自那里的包袱，始终卸不下来。我的意思是，她差不多半年时间被关在那个狭窄逼仄的火车车厢里，那里就像储藏油漆和润滑油的地方，连个站或坐的地方都没有，这还是好的时候，此外她的手腕上，

---

① 美国 20 世纪 70 年代一部热门情景喜剧中的人物，固执且自以为是的工人。

两只手腕都是——"他把两条瘦削的前臂抬起来，"这些纤细的针线，最精细的血管组织缝合，这是她在比库尔霍利姆医院里由最顶级的缝线师给缝上的。真的很有趣，我出生后，我们俩都患上了产后抑郁症，不同之处只是我持续抑郁了五十七年。不过除去这些琐碎小事——我敢肯定几乎每个家庭都会有，我们三个人过得还挺不错，所以那个葬礼到底是咋回事呢？"

观众在方才几分钟里越来越感到压抑，此时完全沉默了。大家都面无表情，生怕出什么乱子。也许从舞台上看，我也是这样的反应。

"讲到哪里了？不，别告诉我！让我自己想！你们也知道在我这个年纪和遗忘相反的是什么吗？"

有几个人轻轻地说着："记起来？"

"不，是写下来。对了，说到了那个女兵，军官、屁股、火车、缝线……对了，于是我跟在她后面，慢慢地走，走得越来越慢，想着是怎么回事，肯定弄错了，为什么他们要送我去葬礼呢？干吗不挑其他孩子呢？"

他语速很快，压抑着要爆发的情感。他的双手在腋下越藏越深。我觉得他有点儿颤抖。

"于是我一边走，一边慢慢琢磨着，甚至走得越来越慢，可就是想不明白，就是不明白，突然我翻转身子，倒立过来，开始用手走路。我走在她身后，沙子烫得要命，灼烧着我的双手，没关系，烧一烧也好，灼烧总好过思考，乱七八糟的东西都从我的口袋里掉了出来，什么零钱、电话币、口香糖和爸爸塞给我在路上吃的东西，一些小惊喜，他总是这样，尤其是打了我之后，不要

97

紧的。我走得很快，开始跑起来。"他把双手举过头顶，在空中做出手走路的动作，我能看出它们真的在抖，手指也在抖，"谁会在我倒立时发现我呢？谁能抓住我呢？"

死一般的沉寂。我觉得大家好像竭力想弄明白，到底是什么花招，什么伎俩和魔法，他们居然从方才的状态一下子进入了新的故事。

我也有同感，觉得脚下的地板正在塌陷。

"那个女孩，也就是女兵，她突然意识到了什么，也许她看到地上我的影子是倒过来的，便转过身来，我看到她的影子转动了。'你疯了吗？'她喊道，不过声音很平静，'训练生，请立刻回到双脚落地！你疯了吗？都这个时候了还玩把戏？'可是我呢？我偏偏围着她身边跑，一会儿在前面，一会儿到后边，我的双手灼热，被荆棘、石块、砂砾等等戳着，可是我就不翻下身子，她能拿我怎样？我这样子你可啥都做不了，而且这样还避免思考，我的脑袋充血，耳朵塞住了似的，失去思维，谁都不怕，也不会想到他妈的她有啥资格朝我大喊大叫，不去想她说'都这个时候了'是啥意思。"

他缓慢地走动，双手依然举在头上，一步一步接着一步，他的舌尖露在嘴唇外面。他身后有大铜瓮挡着，像是要把他吸进去，将他的身体轮廓分割成波浪线，直到他走出那个区域。

"顺便说一下，我倒着的时候还能看到小伙伴们，他们在原处端坐着，听训导员说话，学习如何伪装隐藏，以及生活中需要哪些好技能，他们甚至都没有转头看我在干吗，还记得鞋带标准码吗？我看着他们渐渐远去，心里明白是我在渐行渐远，但是归根结底是：我和他们彼此相隔遥远。"

　　里欧拉是班上曾和我一起站岗的女孩，就是前天夜里在北面站岗的，我已经深深地爱了她差不多有两年时间，却一直没有勇气向她告白。杜瓦雷知道我喜欢她，这我只对他一个人说过。他也是唯一曾向我询问她、也确实从我这里打探到消息的人，他就用苏格拉底式的提问方式，从我这里得知我喜欢她，知道她在场时，这种感情折磨着我，让我觉得更加沮丧和压抑，这就是爱情吧。那天晚上我们一起站岗，凌晨三点，我吻了里欧拉。这是我第一次碰触女孩的身体。我的孤独岁月终于结束了，而且，可以说，我的新生活开始了。

　　他当时与我同在。我的意思是，我就像对他说话一样地对姑娘讲话，用他教我的边走边说的谈话方式。我学得不错，我们一来到岗亭，我就问关于她父母的事，问他们在哪里遇到的，还问了她的两个兄弟。她很困惑，有些措手不及。我耐心而固执地不停问她，还很狡猾，直到她慢慢地开始对我讲起她的哥哥，他有自闭症，住在一家疗养院，家里人几乎不提他。我一直是优秀学生，也做好了两人碰到一起时的准备。我知道怎么提问，怎么倾听。里欧拉说着说着，还哭了起来，又继续说着哭着，当我逗她笑时，她破涕而笑，然后我抚摸她，拥抱她，把她的泪水吻掉。直到今天，我都没法彻底理解我当时的表现是怎么回事。是某种放之四海而皆准的伎俩吧。我觉得自己想表现的是我认识的杜瓦雷，那个往日可爱的杜瓦雷。我在内心激活了他，为的就是与里欧拉好好相处，让他的话从我的嗓子眼里流淌出来。我当时很冷

99

静，能意识到我又一次把他忘在脑后。

那天早上，当我和全排同学坐在满地沙土的院子里时，那个军士过来找他，我有些晕乎乎的，因为爱情，还因为某种得偿所愿的感觉，以及睡眠不足。我看到他站起身跟着她走了，我都没有疑惑他是去哪里。当时我肯定是又陷入了对里欧拉的幻想，想到她柔软的双唇和胸脯，还有腋下的毛，当我再定睛注视时，他正倒立着，双手撑地走在她后面。我从没看他这样做过，也没想到他会倒立行走。他走得很快，很轻松，因为空气灼热，他的身体似乎散发出一圈圈光线的涟漪。真是神奇的一幕。他突然显得自由而快乐，欢腾地荡漾在空中，仿佛在对抗万有引力，返璞归真。我内心充满了对他的喜爱，几日来的痛苦一扫而光。

也就是那么短短的一瞬间。

可是我无法忍受。他。他身体起伏着，我撇开了目光。我清楚地记得那些动作。我又回到了自己新的晕眩状态。

"于是我们继续跑，她直立，我倒立，我眼前拂过蓟花、沙土、标示，我们来到通往指挥官营房的白石路面上，我都能听到里面的喊叫声：'你立刻把他带来！''他妈的竟然要我亲自去那里！''你让他四点到葬礼现场，这是命令！''这星期我已经往返耶路撒冷三次了！'接着我听到了其他人的声音，我立即听出是谁了：是军事训练官，我们称他为艾希曼，这是大家挑选的绰号，专指那些缺乏同情心的人，他也在大喊大叫，声音比其他人都响：'这该死的家伙在哪里？那个孤儿在哪儿？'"

他抱歉地咧嘴笑着，胳膊垂在身体两边。

我盯着桌子，看着自己的双手。我也不知道。

"我的双手都要变成瘫软的黄油了。我倒下身子，头躺在地上。我躺在那里，就这么躺着，不知道躺了多久。当我试图抬起头来时，发现只有自己一个人了。你们能想象这一幕吗？自己四仰八叉地躺在沙地上，那个军士小妞早就走了，她离开了，那圆乎乎的脸蛋，就像可爱玲珑的受戒水盘，我敢打赌这姑娘的床头不会贴奥斯卡·辛德勒的海报。"

我不知道，我连想都没想过。我怎么能知道呢？

"来吧，亲爱的内坦亚，和我在一起，我需要你拉住我的手。所以我面前是木头阶梯，通往指挥官的营房，我的头顶是明晃晃的阳光和老鹰，我四周是七个阿拉伯国家，里面的人对彼此呐喊：'我只能带他到贝尔谢巴！指挥部会派人带他去耶路撒冷！''好的，好的，你这傻子，我听到了，赶紧带着那孩子走吧，来不及了。走吧，听见没！'"

人们在椅子里稍稍坐正了些，呼吸正常起来，小心翼翼的。这故事让他们揪心，叙述者又有了新活力，瞧他的手势、模仿的动作，还有语调。

台上的杜瓦雷立即感受到气氛不同了，他笑着环顾四周，大家渐次被感染，笑容像肥皂泡接连冒出来。

"于是我从沙地里站起身，等在那里，门开了，一双红鞋出现在我眼前，鞋里站着的是军士训练官，他走下楼梯，说道：'走吧，小家伙，别难过。'一边把手伸出来与我握手。哇，军士训练官与我握手！他吸着鼻涕，好像这是他表达压抑、痛苦、悲伤的方式。'鲁哈马军士已经告诉你了，是吧？抱歉，小家伙，确实不好受。尤其是在你这个年纪。请放心我们会安排好的，会准时把你送到那里，不过现在我们得快点儿把你的行李带上。'"

"这是军士训练官的原话，而我——"他睁大了眼睛，露出玩偶似的恐惧表情，"我完全呆住了，我什么都不明白，我只知道自己不是为干了什么而要受惩罚，我还意识到此人并非那个连着一个星期不停讥讽我们、令人讨厌的训导员。不，此人非常慈祥，'跟我走吧，小家伙，车已经在等了，小家伙。'他时刻会说，'谢谢你选择了我们，小家伙，我们也明白无论在任何军营，你都不免要失去一位家长……'"

"好吧，于是我们就出发了，我像门垫子一样拖曳在他那六英尺六的结实身体后面，你们也知道军士训练官是怎么走路的，就像机器人，抬头、腿岔得尽量开，旁人看来会觉得是在骑马，拳头紧握，每走一步胸大肌就从右到左地颤动。"他展示着动作，"军士训练官，你们知道的，他们不是在走路，他们是在演示如何行走，是吧？这里有人当过部队的军士训练官吗？不可能，天呐！你是哪个部队的？戈兰旅① 的？等一下，这里有伞兵吗？太棒了！来吧，伙计们，咱们一决高下！"全场笑了起来。两个头发灰白的男人远远地向对方举杯示意。

"顺便说一下，戈兰旅的，你知道戈兰小子是怎么自杀的吗？"

那家伙大喊着回复道："自我一跳砸烂智商呗！"

"答得好，先生！"杜瓦雷欢呼着，"您都可以抢我的饭碗了。"

"总之，我们来到帐篷，走进去后，军士训练官站在一旁，给我留了点儿隐私空间。我把爸爸给我准备好的所有东西塞进了背包。我怕你们一时不了解情况，先解释一下，我们家是严父慈母

---

① 以色列一支精锐部队。

的模式，我爸爸把我所有装备拿出来，这样我就有了合格游击队员参加恩德培行动所需要的一切物品。妈妈也想过来帮忙，她有很多营地生活的经验，我们之前也提到过，尽管她的经历更多是关于集中营的。总之，当他们俩为我打好行李后，我已经全副武装，可以直奔战争前线了，管它是国际战争还是地区战争，哪怕要染上行星蛋痒①都不在话下。"

他停下来，为自己脑海里的这些回忆，也许是父母为他打点行装的一幕，露出了微笑。他拍着大腿笑着，居然笑起来！这是一种很普通的笑，发自内心的笑，不是那种职业性的假笑。不是有毒的、自贬的偷笑。就是凡人的笑。有几个观众也很快笑了起来，我也是，在如此温馨触动人心的时刻，谁能克制得住呢？

"说真的，你们真该亲眼看看我妈妈和爸爸打点行装的一幕，比任何表演都精彩。你们该问问自己：这两个怪人是谁，发明了他们的爱因斯坦又是谁，该死的我咋就没有这么聪明的脑子来帮忙呢？然后你们会想：哦，该死！他还真帮了我！想想看：我爸爸走进来，走出去，跑进来，冲出去，他不停地忙着，你们知道那些小苍蝇，只飞直线的那种吗？嗡嗡嗡嗡！他从卧室里走出来，又拿了一件东西，放进包里，整理好，停下来，又跑出去拿其他东西，毛巾、手电筒、野营餐具，嗡嗡，饼干，嗡嗡，牛肉汤料块、急救膏、帽子、呼吸器、爽身粉、袜子……全塞了进去，压成方方正正的一块，整个过程连看都不看我，好像我不存在似的，只有他一个人对着背包，火力全开，牙膏、防虫液，还有鼻子用

---

① "蛋痒"指臀部或阴囊因长期汗湿摩擦起癣导致的瘙痒；"行星引发"一语显然是夸张的荒诞笑话。

的防止晒伤的塑料玩意儿，嗡嗡，跑进跑出，他的眼睛紧紧盯着每一样东西……"

"我告诉你们，他在这些事情上无人能比：组织安排、做计划、照顾我。他擅长于此，是行家里手。你们能理解吗，如果在你三四岁时，你父亲每天带你走不同的路线去幼儿园，以此迷惑敌人，这种事情有多令人紧张？"

众人大笑。

"不，说真的，我上一年级时那家伙常常站在教室外面询问其他同学：'这是你的书包吗？是你自己装的吗？有人让你带什么过来吗？'"

又是一阵爆笑。

"然后我妈妈穿着一件厚重的羊毛大衣出现了，我不知道这大衣是谁的，它散发着樟脑丸的味道。干吗穿这件大衣，妈妈？因为她听说沙漠上的夜晚很冷。所以他温柔地帮她脱下来，就像这样，然后说，'好啦，萨拉，现在是夏天，你就坐下歇歇吧。'好像她真能坐下来歇歇！过了一秒钟，她又穿着靴子过来了。为啥？因为，因为你光着脚走了三十多英里的雪路，你出门时一定得带着它们。"他朝我们挥着那对好笑的靴子，"你们得理解，这女人之前还从未见过沙漠。她来以色列之后，出门只是去上班，像钟面的指针一样走着固定路线，除了那次她像金凤花姑娘一样去了雷哈维亚住宅区 ① 一带，不过这件事我们就不细聊了。她总是

---

① 耶路撒冷的一处高档社区；"金凤花姑娘"起源于19世纪流传广泛的童话故事"金凤花与三只熊"，大意是一头金色卷发的小女孩意外进入三只黑熊的森林屋，黑熊不在家，小姑娘尽情吃喝休憩，后见主人回来，她立刻翻窗逃跑。后来，"金凤花姑娘"喻指对并不奢华但温暖安定的生活（或温和发展的社会经济）的向往。

低着头，脸上蒙着块破布避人耳目，天哪，笃笃地沿着城墙和围栏走着，以防被人告发，让上帝发现她的存在。"

他又呷了一口，用T恤边沿擦拭了一下眼镜，稍稍歇了几口气。我要的点心终于来了。我点得太多了，足够两人份。我才不管吃相呢，我知道现在不是吃大餐的时间，可是我得平稳一下血糖，于是狼吞虎咽地吃下了馅饼、烤鲥鱼、酸橘汁腌鱼，还有腌渍蘑菇。看来我又一次点了她喜欢的东西，这些东西必然会让我的胃部有灼烧感。她笑着想：好吧，假如非得如此，这就算一次约会吧。我吞下了所有东西，感觉有点儿气急败坏。不够，我嘴里塞满东西，一边对她说道。我们玩的这种假装游戏是不会厌的；我不会满足于一个人玩乒乓球，或是独自坐在这里听他讲故事。什么你和你的新男友……我差点儿给噎着，芥末刺激着我的鼻子，眼泪都流出来了。她起初调皮地偷笑，随即就变成了明媚动人的微笑，风情万种地回答道：别这么说！死神还不是我的男友，我们只是朋友罢了，也许是互惠互利的朋友。

"我们说到哪里了？"他咕哝着，"我方才说啥来着？哦，对了，我母亲。她啥都做不来，家务或妈妈该做的那些事，她一点儿都不会。"他嘟囔着，突然变成了自言自语的内心思索，"不会洗衣服，不会熨烫，完全不会烹饪。我都不相信她这辈子哪怕会煮个鸡蛋。不过我爸爸会干其他男人不干的事情。你们真该看看他是怎么把毛巾叠得整整齐齐，堆放在放亚麻布料的柜子里，还有让窗帘有完美的褶子，他还会磨地板。"他前额上堆起了皱纹，眉毛也蹙了起来。"他甚至为我们熨烫内衣裤，全家三个人的都是他烫的。我下面要讲的你们一定会笑——"

"都什么时候了！"一个矮个子、宽肩膀的男人叫起来。有几个人附和着："笑话在哪里啊？怎么啦？说的都是些什么废话啊？"

"稍等，老兄，马上就集中开火了，你们会喜欢的，我保证！我只是……我只是……这会儿我完全糊涂了，你们别打岔啊。听着，伙计们，好好听着，保证你们从没听过。我父亲，他在雅法的一家鞋店干过，你们知道耶路撒冷的雅法大街吗？太好了，你们这些世界公民，真棒！他就在那里为梅阿谢阿里姆①和周边的女人补长筒袜。这是长袜队长的另一个创业项目，又是一种贴补家用的途径。我对你们说，这个男人都能把鞋子推销给鱼！"

笑声微弱。杜瓦雷用手背抹去了额头的汗水。"听好了，他以前每周都把长袜子带回家来补，一大堆呢，每次有四五十双，他还教她怎么织补，这又是他的另一项技能，他可以缝补尼龙抽丝，你们信吗？"

他现在只对着那个宽肩的矮个男人说着。他一只手做出恳请、祈求的动作：稍等，老兄，你马上就能得到新鲜出炉的笑话了，立刻就好。"他为她买了一根特别的针，有个木质的小把手……哦，天哪，我全记起来了，你们让我想起了一切，我爱你们，你们是我的英雄！于是她把长袜子搭在一只手上，在抽丝上一个洞眼一个洞眼地补着，直到完好无损，她连着几个小时地补着，有时是一整夜，一个洞眼接着一个洞眼——"

他好几分钟几乎没喘气，迅速把话说完，就怕观众失去耐心。全场一片安静，有几处的女观众微笑着，也许是想起了很久前的

---

① 耶路撒冷北部一地区名，居民在生活中多遵从严格的教规。

那些老式尼龙袜。

"瞧瞧，这些记忆都回来了……"他抱歉地低语。

一个男人的咕哝声打破了沉默："听着，伙计，你要搞清楚，我们今晚还听不听笑话了？"

就是那个剃光头穿黄色夹克衫的男人。我就知道他又会吵着要听笑话的。另一个人，那个宽肩男人，也响应着咕哝了一声。还有一些应和声传来。另外有几个，大多数是女人，她们发出嘘声示意安静，于是那个黄夹克的男人说道："真的，伙计们，我们是来笑的，可这家伙让我们回忆大屠杀，他居然讲大屠杀的笑话！"

"你说得完全正确，老兄，我道歉。我马上纠正。现在我想……哦，对了，我得告诉你们这件事情！有个人在祖母忌日去了她的墓地，离墓碑还有点儿距离的地方他看到一个男人坐在一块墓碑旁哭泣，一边喊着，'为什么？为什么？为什么你非得死呢？我为什么要失去你呢？你走了我的生活还有什么意义呢？哦，可恶的死神！'呃，又过了几分钟，那个孙子受不了了，他走过去对那家伙说：'打扰一下，先生，对你的悲伤我深表同情，我还从未见过人这么伤心的。能问一下你为谁这么哀伤吗？是你的儿子吗？还是兄弟？'那个人看了看他，说，'当然不是啦，他是我妻子的第一任丈夫。'"

终于有人大笑起来，当然对笑话本身而言笑得有些夸张，不时还有人用力鼓掌。看到人们如此给他面子卖力救场，我心里很不好受。

"等一下，还有呢！我有足够的东西撑到午夜的！"他高声喊道，眼睛四下望着，"有个人给三十年前的中学同学打电话，'我有明天世界杯决赛的门票，去吗？'对方很惊讶，不过免费门票又不是随便就能有的，于是他说好的。他们一起去看比赛，两人坐了下来，很好的座位，气氛棒极了，他们兴致很高，还喊叫着，咒骂着，加入人浪，也目睹了精彩片段。中场休息时，那位朋友说道：'听着，伙计，我得问一下，你总会有比我更亲密的人吧，还有亲人，门票怎么不送给他们？'对方说：'没有。''难道你不想带——我也纳闷，带你妻子一起来吗？''我妻子去世了。'他说。中学老友说道：'哦，抱歉。那么为何不带你的好友来呢？或是工作上的朋友？''说实话，我试过了，'朋友说，'可是他们都说宁愿去参加她的葬礼。'"

观众笑起来，喝彩声飞向舞台，可是那个肩膀宽厚的家伙用手拢住嘴，呐喊着："葬礼什么的早说过了！来点儿有活力的！"这话让喝彩和鼓掌消停了不少，杜瓦雷看着观众，我能感觉到，就在这几分钟时间里，即便讲了这些笑话，引发了这些激烈反应，他本人的灵魂其实是缺席的，他越发心不在焉，反应似乎越来越迟缓，这可不行，他会失掉人气的，整个晚上就泡汤了。全场没有人能救他。

"不讲葬礼了，明白了，老兄。你说得对。我要记下来，好好领悟。听着，内坦亚，让我们振作起来，好吗？不过我还得给你们讲讲个人的东西，有人会说是私密内容，因为我觉得大家是真正心心相印了。约阿夫，你能把空调打开吗？我们都透不过气来了！"

观众热情鼓掌。

"先交代一下，表演之前我在镇上四处走了走，检查逃生路线，以防你们做了决定要把我踢下台。"他咯咯笑着，不过笑声中带着点儿沉重，大家都心知肚明，"突然，我看到一位老人，大概有八十岁了，干瘪得像一粒葡萄干，他坐在街边长椅上哭着。一个老人在哭？我干吗不过去呢？也许他有点儿想把遗嘱改一改。我走上前，温柔地问道：'先生，您在哭什么？我能做点什么吗？''我还能怎么办，'那老人回答，'一个月前，我遇到了一个三十岁的女人，她很美，可爱又性感，我们相爱并同居了。''很棒啊！'我说，'那出了什么事吗？'老人说：'我告诉你吧，我们每天疯狂做爱两个小时，然后她为我做石榴汁补铁，我还去看了医生。我回来后，我们更疯狂地做爱，她又为我做了菠菜乳蛋饼补充抗氧化剂。到了下午，我在俱乐部和朋友们打牌，然后回家，又疯狂做爱直到夜里，就是这样，日复一日……''真是太棒了！'我对他说，'这样的日子我想过都过不上啊！可你干吗还要哭呢？'老人想了想，说道：'我想不起来自己住哪里了。'"

哄堂大笑。他像徒步旅行者试探河里的鹅卵石是否坚固般估量着效果，甚至没等最后的笑声停下来，便又继续说道："讲到哪里了？军士训练官……机器人……"他又模仿起僵硬的步态，讨好地笑着，又让我感到胃部堵得慌。"于是那个军士训练官对着我的脖子呼着气：'走吧，快点儿，可不能让你迟到了，老天，你可不能错过。'于是我说：'错过什么，先生？'他看着我，好像我智力有问题似的。'他们可不能一整天都等你，'他说，'你知道葬礼是怎么回事，尤其在耶路撒冷，有一大堆宗教仪式。难道鲁哈马没对你说过，你得在四点到达扫罗山 ① 吗？''谁是鲁哈马？'我坐在行军床上盯着军士。我发誓，我从没这么近地观察过军士训练官，除了在《国家地理》杂志上。他说：'他们打电话到你学校找你，校长亲自打来电话，说让你必须四点赶到墓地。'我还是不明白他说的话。他们不停告诉我同样的话，好像我这辈子第一次听似的。校长干吗要通知我这个？难道他会知道我是谁吗？他到底说了什么？还有一个问题我得问一下，可是我太尴尬了，都不知道这类问题该怎么开口，尤其是对着军士训练官，这家伙我根本不认识。于是话到嘴边就成了我干吗要打包行李。他抬头看看帐篷顶，像是彻底没辙了。'孩子，'他说，'你还没明白吗？你再也不回来了。'我问为啥。'因为要服丧七日，'他说，'那时同学们都结束训练了。'

"哦，太好了，那么训练计划也包括服丧七日吗？他们还真周到，是吧？除了忘记告诉我这些计划了。既然我了解了这些情况，我脑子里就尽是困极了想睡的念头，一直打哈欠。直冲着军士的脸，我实在忍不住。我把床上所有的东西都扒到一边，腾出地方，躺下去，闭上眼睛就睡死了。"

他闭上眼睛，一动不动地站着。紧闭双眼时，蹊跷的是他露出了更清醒、更丰富的表情，不知怎的倒更有精神了。他心不在焉地用手指摩挲着 T 恤边缘。我一直用心关注他，直到他张开嘴：

"你们也知道那些军用小床吧，这种床半夜会把你折在里面，像食人植物一样把你吞进去。朋友早上过来，会发现杜瓦雷不见

---

① 位于耶路撒冷城以西。

110

了，只剩下眼镜，也许还有一根鞋带，而床铺正在舔着嘴唇，打饱嗝。"

有几桌发出了咯咯笑声。大家也弄不明白这种时候该不该笑。只有那两个穿皮衣的小孩笑得时间挺长，不过是温和的捧腹大笑，还发出了怪异的咕咕声，让邻桌的人感到不安。我看着他们，想着在二十年间，每一天我都从像他们那样的人当中汲取能量，直到某个时刻，在塔玛拉离开后，失去了塔玛拉之后，我才觉得自己再也吸收不了了，便开始往外吐出来。

"训练官说：'起来！你这样躺下到底是怎么回事啊？'于是我站起身，等着。好像他一离开我就能再睡下似的。不消太久时间，一切都会过去，我们会忘了所有事情，又恢复一切发生前的状态。"

"此时他有些气恼，不过还是很克制。'让开，'他说道，'站在这儿，我帮你整理行李。'我没听懂。难道军士要帮我打包行李？这就像……我不明白……就像萨达姆·侯赛因在餐厅里朝你走过来，说：'你喜欢尝一尝我刚做好的焦糖森林草莓舒芙蕾吗？'"

他停下来等观众缓过神来慢慢做出反应。他很快就明白大家的难处了：他讲的故事消解了任何笑的可能。我能看出他领会到了这一点。他很快重整方案，一边鼓动大家："你们听过一个得了绝症的女人的故事吗？我先不说名字，免得有宣传之嫌。"他很开心地张开双臂，做出拥抱的动作，"总之，那个女人对她丈夫说：'我梦到说假如我们肛交的话，我就有救了。'你们没听过这事？难道你们与世隔绝？好吧，听好了。于是那个丈夫，他觉得这事听上去有点怪异，可是只要妻子能好起来，男人什么都愿意做的，对吧？所以他们那天晚上上床后就做了一套后体位，完事以后就呼呼大睡。到了早上丈夫醒过来，伸手摸妻子那一边，居然是空的！他跳起来，以为一切都完了，可这时他听到妻子在厨房里哼着歌。他跑进去，看到她站在那里做沙拉，满脸笑容，状态好极了。'你肯定不相信，'她说，'我睡得很好，早早醒来，感觉非常好，便去了医院，他们为我做了检查，还拍了 X 光，然后告诉我说我痊愈了！我成了医学奇迹！'丈夫听了之后喜极而泣。'你干吗哭啊，'她问，'难道我好了你不开心吗？''我当然开心，'他说，一边抽泣着，'可是我忍不住要想，我原本也可以救我妈妈！'"

有些人对此嗤之以鼻，不过大多数观众很喜欢。我也喜欢。这是个不错的笑话，没有离题和废话。我希望能记住它。杜瓦雷很快扫了一眼。"不错，"他大声地自言自语，"你一定行的，杜瓦。"他张开手指拍拍胸脯，这动作与之前的捶胸有些不同。

"于是我站起来，军士帮我打包，他把床上和床下乱七八糟的东西都塞进背包，就像在对占领区的房子进行大扫荡。砰！全都塞了进去，乱糟糟地把包塞满了，不假思索、毫无章法地全塞进去，等我回去，爸爸看到背包是这个样子，会怎么说呢？我一想起这事，膝盖就站不直了，倒在了另一张床上。"

他耸耸肩，无力地笑着。我觉得他呼吸困难。

"好吧，继续表演，可不能怠慢了观众，我们都是很容易满足的人，赶紧来吧！于是我拿起背包，跑着跟在军士训练官身后，从眼角的余光，我看到院子里的同学都在看我，好像他们早就知情，仿佛他们看到有老鹰往北飞：啊朋友！"他模仿着老鹰的叫声，用很重的俄罗斯口音喊道，"耶路撒冷有新鲜血液！"

　　我当时看到他跟着军士训练官，他瘦小的身体被背包压得弓了起来。我记得我们都转身看着他，我觉得要是没有这只背包，他的样子就和我们在车站道别时的一模一样，他就是这样很不情愿地拖着脚慢吞吞往家走的。

　　他的一个同学开着他的玩笑，不过这一次大家都没笑。我们不明白为什么他要被带去指挥官那里，我也不知道野营训练结束后他的同学是否知道发生了什么，他被带去哪里了。教官们什么都没说，我们也没问。至少我没问。我只知道有一个士兵过来找他，他就起身跟她走了，几分钟后我又见到他跟在军士训练官后面，等卡车把他送走。那天我就知道这些情况。我再见到他时就是今晚他走上舞台。

　　"然后司机就准备无动于衷地踩油门加快速度，把所有的愤怒都撒在脚上，他看看我，像是要杀了我似的。我爬上车，把包甩到车后面，然后就坐在前排司机的座位旁，军士训练官对他说：'看到这个棒小子了吧？你得把他送到贝尔谢巴的汽车总站，直到总部的人来接他去耶路撒冷，你可不能让他跑了。明白吗①？'那个司机便说：'我对着《圣经》发誓，军士，如果到达那里没有人来接的话，我就把他放到失物招领处。'军士狠狠地捏了捏司机的脸蛋，对着他咧嘴笑：'听着，特里波利，别忘了我交代的话，

_____

① 原文是意大利语 Capeesh，美式英语中的俚语。

呃？你要是把这孩子留在那里，看我不踢烂你的屁股。如果你不亲自把他交到对方手里，这就算是犯了不归还设备的过错。好了，出发！'

"于是，正如你们理解的，我就像在观看一部自己参与演出的电影。我坐进了军用卡车，在场有两个我不认识的人，都是军人，他们在谈论我，不过说的语言我不太听得懂，又没有字幕。我一直很想问军士训练官一些问题，迫切地想在离开前问他，我就专等他停下话来，可是等他真停了我又问不出来，那些话就是说不出口，组织不起来，我很怕说这话，说那两个短短的单词。"

"然后他看着我，我便想，好吧，既然他要对我说话了，那我就问吧。我正准备着，全身僵直紧张。他把手放在我脑袋上，像圆顶小帽子，说道：'愿你在耶路撒冷的犹太哀悼者中得到上帝的抚慰。'然后他用手拍拍卡车，就像马儿奔跑前你会拍打它的身子，司机说'阿门'，一边脚踩油门，我们就这么上路了。"

全场沉默。有一个女人犹豫地举起手来，就像班上的小学生，接着又把手放回到膝盖上。坐在桌旁的男人疑惑地看了看他的妻子，于是她耸了耸肩膀。

穿黄色夹克的男人看来要发火了。杜瓦雷察觉到了，紧张地直瞟他。我让服务员清理桌子，尽量快一些。我可受不了一直看着这堆空盘子，简直难以相信我会吃那么多东西。

"反正，我们上路了。司机不说话，我连他叫什么名字都不知道。他身材瘦削，背有些驼，鼻子很大，耳朵也很大，脸部一直到脖子都长满了痤疮。痘痘比我多多了。我们都不说话。他也是没办法才跟我待在一起的，谁让他倒霉得跑这一趟呢，我当然

114

什么都不说，我又能说什么呢？温度热到了华氏一百度以上，我浑身是汗。司机把收音机打开，可是收不到任何电台，只有噪音，静电干扰声，除了火星电台，啥都没有。"这时他惟妙惟肖地模仿起不停转台收不到信号的声响，发出胡言乱语般的句子片段和断续的歌声："黄金耶路撒冷""强尼是异教徒""杀了犹太人""我想牵着你的手""哪怕大炮轰鸣我们对和平的渴望也不会停止！""我希望她们都是加州姑娘……""莫西长袜，今天就试试吧！""圣殿山就在我们手中！"

观众会心地笑了。杜瓦雷从长颈瓶里喝了一口，然后看着我，好像在琢磨我对这个故事如何想，或是我怎么看整场表演。我做出了愚蠢而怯懦的反应，木着脸，不露出一点儿表情，朝一旁看。他移开了目光，被我打击了似的。

我为什么要这么做呢？为什么这时候不给他支持呢？我希望自己能有答案。我太不了解自己，这些年来越来越看不懂自己了。当周围没有人能说话，没有塔玛拉在一旁探我的话，坚持要我说出来，我的内在渠道都堵塞了。我记得，她来法庭看我主持审理一桩父亲虐童案，事后她非常愤怒。"你脸上什么表情都没有！"后来她回到家，依然怒不可遏，"那个可怜的姑娘对你倾诉了一切，那么恳切地看着你，就是盼着你能做出回应，哪怕是一点点支持或理解，示意她你是同情她的，而你——"

我解释说法庭上就得是这样的表情，哪怕我内心激动不已，我都不能流露的，这个板着的面孔不仅是对这个姑娘，后来她父亲陈词时我也是一样的表情。"正义一定会表现出来的，"我申辩道，"我向你保证，我对这姑娘的同情会在裁决中得以表达。""可到那时，"塔玛拉说，"已经太晚了，她真正需要你同情的时候是在对你讲起这些事情时，那才是她最痛苦的时候。"说着她露出了我从未见过的表情。

"这样吧，内坦亚，"他说道，尽量装出很开心的样子，显然是不想受我的影响，而我也无法抑制对自己的愠恼，"啊，内坦亚！"他叹息，"宁静的城市！我就爱与你们分享一切，刚说到哪里了？对了，说到了司机。于是我开始感觉到他对自己的态度有些不满，便试着和我聊天。也许他只是觉得烦了，天气又热，还有苍蝇。可是我，我又能和他聊点啥呢？再说了，我也不知道他是否知情。如果他们对他讲起过我的事，如果他当时和指挥官及军士在一个房间里，他是知情的。也就是说他知道怎么回事，对吧？可我还是不知该如何问他。另外，我都不清楚自己听了是否受得了，再说就我一个人，爸妈都不在——"

终于爆发了，那个剃光头黄夹克的男人摊开一只手重重地拍桌子，一次，两次，慢慢地，他的眼睛瞪着杜瓦雷，面无表情。夜总会顿时陷入僵局，只有那只胳膊在动。拍击一下，停顿，再拍一下。

仿佛过了一个世纪。

非常缓慢地，全场四周传来试图反抗的低声抱怨。可是他不在乎：拍击，停顿，再拍击。这个矮壮的男人耸起宽厚的肩膀，攥紧了拳头，几乎要用缓慢的击打把桌子砸裂了。我脑子里涌上了一股热血。瞧瞧，这两人杠上了。

他们沉默地相互对峙，就想这样。他们四周的低声抱怨渐渐强起来，变成了骚动。有几桌观众兴致勃勃地为他们助兴，也有一些人抗议着，大多数人很谨慎，没有发表任何意见。在地下室的空间里隐约弥漫起一股汗味，连香水味都发酸了。夜总会经理无助地站在那里。

　　各桌间传来了争执声："可是他始终穿插了笑话的呀，一直是这样的！"一个女人坚持道，"我一直跟着他思路听的，实话说！""总之，脱口秀又不是光讲笑话的，"另一个女人也表示赞同，"有时候生活中也会有滑稽的故事。""好吧，故事我能接受，可是他的故事没头没尾的！"一个和我年纪差不多的男人吼道，他身上还依偎着一个经过人工美黑的女人。

　　杜瓦雷整个身子转过来，一边看着我。

　　起初我不知道他想干吗。他站在舞台边缘，对下面的骚动无动于衷，一直看着我。他依然希望我能为他做点儿什么。可是我又能做什么呢？要怎么对付这些人呢？

　　这时一个常用的办法涌上心头；面对这样的群众我会有一种威严，挥挥手，说上一番话我就能施展权威。我通常不愿摆出这种王者风范，哪怕私下里都不行。嘈杂和叫喊声越来越厉害，差不多人人都卷入了骚动，空气中有一种即将好戏开演的热闹兴奋情绪。他依然站在那里看着我，他需要我。

　　已经很久没有人需要过我了。很难形容这种席卷而来的强烈的惊讶感觉，还有惊慌。我猛地咳嗽起来，然后把桌子推开，站起身，仍然不知道该怎么做。我应该就这么离开的，在这倒霉的地方我到底要干什么呢？我一小时前就该走的。可是那两人在拍桌子，杜瓦雷就这么站着，于是我听到自己大喊："让他接着讲那个故事！"

全场安静下来，大家惊恐忧虑地看着我，我这才意识到喊得太响了。

我站在那里，僵住了。就像情节剧的演员等着别人把台词说出来。可是没人说话。夜总会也没有保镖把我带离现场，桌子底下也没有紧急保险按钮，世道变了，我不再是那个悠然走在大街上的普通人，心里想着不多久自己就会决定他人的命运。

我呼吸急促，又难以自控。大家都盯着我。我知道自己的样子有些迷惑人——有时候我那突出、鼓囊囊的额头很管用，给人一种压力，可是我并非什么英雄，真到了紧要关头我是顶不住的。

"让他接着讲故事。"我重复道，这一次语速放慢了，强调式的，一字一顿，我摆出一副强硬的姿态。我知道这样子很好笑，可还是坚持站在那里，心里想起充实满足的生活。真实的生活。

黄夹克的男人转过来看着我。"行，大人，没别的意思，我听您的，可是我想让他说说看，这些胡言乱语和我今晚来这里花的二百四十谢克尔到底有啥关系。难道这就不算是行为失检吗，阁下？难道您不觉得广告有点虚假吗？"

杜瓦雷感激地看着我，眼神就像一个小男孩注视着过来保护自己的大哥哥，他插了一句："广告是实打实的，朋友，绝对是的！这会儿就证明给你看，我保证。之前的只是前戏，明白吗？"他对那位抗议者咧着嘴笑，拙劣地做出很坦诚的样子，那人转开视线，不忍心直视伤口似的。"听好了，朋友：我把脑袋顶在车窗上，那可是军用车窗，也就是说不能一直紧闭，也不能整天开着，正中间是玻璃，会一直震动，可是我就这么顶着，因为它这压根不叫震动，简直是震得天翻地覆！嗯嗯嗯嗯嗯！听起来很吓人，我是说，跟它比，钻头钻墙壁都算不了什么，我起初很自然地就把头顶上去，不消几秒钟，它开始搅我脑袋了，嗯嗯嗯嗯嗯！我像是进了搅拌机！进了空气压缩机！嗯嗯嗯嗯嗯！嗯嗯嗯嗯嗯！"

他描述着靠在车窗边的感受。脑袋开始抖起来，一开始还轻柔，接着越来越快，越来越猛，直到他整个身体都抽搐着，这一幕叹为观止：他的五官纠结在一起，各种表情飞快地交替，就像洗牌一样。他手舞足蹈，在台上抽搐痉挛，从这一头到那一头，接着又破布娃娃般扑通倒在地上，躺在那里喘息，一阵痉挛不时晃过他的手臂和腿部。

观众又笑起来，连方才的煽动者都咯咯笑着，情不自禁，那个小个子灵媒也大笑起来。

"说真的，这是塞翁失马焉知非福，那个嗯嗯——"他突然说道，他站起身，拍着灰尘，对着那黄夹克男人由衷地笑着，接着又看看那肩膀宽厚的家伙。他们俩依然绷着脸，一副怀疑和嘲弄的表情。

"嗯嗯！我脑子里啥念头都没有，感觉也麻木了，思绪被震成了无数碎片，乱糟糟的一团，嗯嗯！"他对着那个小个子女人颤动着双肩，她跳起身，大笑着，豆大的泪珠子滚下脸颊。有少数几个人看到这一幕，似乎对这个细节很感兴趣。"皮茨，"他对着她说道，"我这会儿想起你是谁了，你家就住在那个养了很多猫的寡妇的楼上。"

她露出笑容，"刚才我就说嘛。"

"可是那个司机——他可不是傻瓜！"他大喊着，狠狠跺着地板，像猫王似的举起一只手臂，"他知道车窗玻璃怎么回事，早见识过，看过其他乘客在车窗旁犯帕金森症的样子。于是他开始和我聊天，很随意的样子，指着路上其他的车辆：'那是道奇 D200，开往席夫塔，那车是雷欧，送货去巴哈德一号 ①，这是来自南方司令部的云雀 ②，战争时期摩西·达杨就有这样的车。瞧见没？他朝我打闪灯呢，他认识我。'可是，我他妈的还能怎么回答？我啥都没说，一个字没讲。于是他换了个话题：'难道他们真的就这么过来直接告诉你吗，就这样？'"

"我还是没回答。嗯嗯嗯……脑子像进了搅拌机。我用了半秒钟时间把他的问题粉碎研磨好，进入我那捣烂了的、面糊般的脑子。接着我父亲拿着面条突然跳出来。我不知道下一秒钟脑子里又会跳出什么来。再让我想一想，好吗？毕竟，我父亲拿着面条突然出现，确实令人印象深刻，因为他为什么是这个样子呢？也许这不是个好兆头？也许是呢？我哪里知道。我双眼紧闭，脑袋重重地敲车窗，我最好什么都不想，不管是事情还是人。"他双手抓住脑袋，头在两手间晃动，然后他对着我们高喊，好像要竭力盖过卡车的噪声和车窗的咔嗒咔嗒声。"这是我最初想到的事情，内坦亚。我现在要做的就是敲一敲我脑子的断路器！想起他来可不好受，想起我父亲也不好受，基本上这会儿我脑子里出现谁都不好受。"

他温柔地微笑着，张开双臂又做出拥抱的动作。有几个人疑

---

① 以色列军队一处用于军事训练的基地。
② 斯图特贝克公司的一款车型。

惑地笑着。我脸上堆着笑容，鼓励他继续讲下去。我不知道他是否看到我的笑容。我们的脸部表情总是那么不明显。

"好吧，那个面条又是什么意思呢？你们这个问题问得好！真是厉害，你们这些人！细致周到！听好了，你们得好好听着。每周有一次，在他完成这些分类账簿登记后，他就做面条，配那一周的鸡汤。我发誓，这是真事。所以在卡车里我的脑海里突然像放电影似的，别问我为什么，脑子就是脑子，别指望它那么有逻辑。瞧，就这样，他的双手揉面团时就是这样的，把它擀成纸一样薄——"

他的表情和身体几乎没有任何变化，倏忽进入了角色。我从没见过他父亲，只是那晚在贝尔奥拉的营房里看到别人模仿过，不过我的脊梁骨掠过一阵寒意，我明白这就是他父亲，就是这样。

"他把面团一圈圈绕在胳膊上，把它挂在床上晾干，并来回走动，在房间里快速移动，一边动一边大声说话，像是做实况转播：'现在拿起面团，把它放在揉面板上，再拿起擀面杖，把面团擀开来。'"

有人咯咯地笑起来，因为他的口音很滑稽，模仿得很好笑，因为那是意第绪语，还因为杜瓦雷自己也在大笑。不过大多数观众面无表情地坐着看他，我开始感觉到观众最有效的武器就是他们紧盯的目光。

"我发誓，和这家伙一起在家里时，他会不停自言自语，给自己下指令，你会一直听他咕哝。说真的，他是个很滑稽的人，除了碰巧做了我的爹，你们想象一下我，我，看到没？看到了吗？

121

喂！醒醒！这是你们的杜瓦雷在说话啊！演艺之星！美好的城市，内坦亚。于是我就像在某部疯狂的电影里，坐在茫茫沙漠的中央，突然看到他，我父亲出现在眼前，就好像一直在那里做着手势讲着话，还带了把刀，像机器般飞快地切着卷起的面团，哼，哼，哼，刀下面条飞舞而出，而那把刀在他指尖犹如发丝，他毫发无损。这不可能！顺便说一下，我妈妈在家里是不许使用刀子的。"他张嘴笑着，嘴咧得尽可能大，又张大了些。"比如说，只有外科手术组员在一旁，她才可以剥香蕉。任何一样工具都会伤到她，让她流血。"他朝大家使眼色，然后慢慢地将一根手指抚着左右前臂，之前他曾说过她那刺绣般的血管组织。"突然，我看到了什么呢，内坦亚？"他的脸通红，汗涔涔的，"我看到了什么呢？"他等着人们回答，一边做手势鼓励着，可是没人做出反应。观众们石头般冷漠。"我看到了她，我妈妈！"他谄媚地高声笑道，主要是对着那两个恼火的男人。"你们明白吗，伙计们？就好像我的脑海里也突然出现了她正对着我的画面——"

穿黄夹克的男人站起身，他把一些钱砰地砸在桌子上，拉起他妻子的胳膊。莫名其妙的，我竟然感到轻松了：确实如此，我们回到了现实。回到了以色列。在众目睽睽之下，这对夫妻走了出去。那个宽肩膀的男人显然也想随他们一起走。我能看出在圆领T恤下，他怒火汹涌，可他觉得跟着离开会让人瞧不起他。有人试图阻止那对夫妻，劝他们留下来。"够了，"那人气呼呼地说，"大家来这里是找乐子的，现在是周末，就想放松一下，可这家伙让我们过犹太人赎罪日。"他妻子那粗短的双腿在细高跟上摇摇晃晃，她很无奈地笑着，一边用手把裙子往下拉。当那男人的目光和灵媒的相碰时，他犹豫了一秒钟，放开妻子，走过几张桌子，来到她面前，倚过身子，轻声说道："我建议你也离开，夫人。这家伙不对劲，他在蒙所有人，甚至在取笑你。"

她的双唇颤抖，"不是的，"她低语，"我了解他，他只是在假装。"

整个过程中，台上的杜瓦雷看着事态发展，两个大拇指插在裤子的红色背带里，一边点着头，好像很开心地在熟记那男人的话。那对夫妻刚走，他就赶紧来到小黑板前，又拉起了另外两条红带子，一条又长又粗，顶端有个小针头。

等他把粉笔放下，他缓慢而精准地转过身子，站在舞台中央，双眼低垂，双臂打开。一下，两下，三下，像在进行一种净化仪式。接着他突然把眼睛睁大，像是探照灯照着运动场："可是他很固执，那个司机！他不肯让步！他在探我，我能感觉到，探我的目光，我的耳朵。可是我，我进入了自己的碉堡。我没有把头转向他，不让他有机可乘。整个过程中我咬紧牙关，牙齿咯咯作响的节奏应和着窗玻璃。葬——礼，葬——礼，我——去——参——加——葬——礼……听着，伙计们，说实话，我到那时还从没参加过任何葬礼，那可真是令我感到震撼，因为天杀的我哪里知道会发生什么？"

他停下来环顾四周，居高临下的表情变得肆无忌惮起来。我想他没准是要故意激怒大家，让大家起身离开，从他和他的故事上践踏着走出去。

"或者，死去的男人，"他轻轻地补充道，"是不会明白的，死去的女人也一样。"

"可是听着，朋友们，"他继续道，似乎很惊讶没有人再离场，"让我们别再为这葬礼心情沉重了，好吗？我们别被它拖下来。顺便说一下，你们有没有想过，有些亲戚朋友只会在葬礼或婚礼上遇到，所以他们人人都坚信其他人都有躁郁症呢？"

观众心领神会地笑起来。

"不，说真的，我甚至在想——你们知道他们是怎么看待报纸上的餐饮或电影评论的吗？好吧，请问，为何没有七日服丧评论呢？他们可以找一位批评者每日参加不同的七日服丧，然后写评论，诸如气氛如何、死者有否精彩故事、家人如何表现、有否为遗产争斗、怎样摆茶点，还有哀悼者的各个阶层——"

一阵哄堂大笑。

"既然大家都那么有兴致，那你们有没有听过这样一个故事：一个女人去殡仪馆，想在丈夫下葬前见他一面。于是承办人就带她过去，她看见丈夫身上套着黑色西装，顺便说一下，这可不是笑话，"他解释道，举起一根手指，"这都是从基督教语言中翻译过来的。于是那女人开始哭起来：'我的詹姆斯宁愿在下葬时穿蓝色西装啊！'承办人便说：'这位夫人，听着，我们一直是让死者穿黑西装下葬的，不过您明天再来吧，我们想想看可以怎么做。'第二天她又来了，承办人就带她去看穿了笔挺的蓝色西装的詹姆斯。女人千恩万谢，问他是怎么弄到这么好的西装的。承办人说：'您肯定不会相信，就在昨天，您刚离开不到十分钟，另一位逝者到了，和您丈夫差不多身材，穿着蓝西装，而他妻子说丈夫的梦想就是穿着黑西装离开。'就这样，詹姆斯的遗孀再次谢过承办人，她非常感动，眼里噙满了泪水，还给了他很大一笔小费。承办人说：'我只不过把他们的脑袋换了一下。'"

观众笑起来，气氛又回来了。人们对那位剃光头的男人匆匆离场错过了好戏而扬扬得意。"大家都知道，"附近桌子的一位女士说道，"他是慢慢暖起场来的。"

"所以我是慢热型的，我脑子里思绪万千，各种想法猛烈地摩擦，冲撞，脑海里乱成了一片。你们也懂这种感觉的，就像睡觉前各种想法在脑子里搅得一团糟，毫无头绪，就是在入睡之前那会儿。什么我有没有关掉炉子啦，上臼齿应该去补一下啦，公共汽车上那个小妞调整她的胸罩，真逗，还有那个狗娘养的约阿夫说过，工钱是九十天一付，谁知道我九十天之后是否还在这里干呢？耳聋的猫能抓哑巴鸟吗？没一个孩子长得像我，这没准是好事吧。他们到底在想啥，不给树上麻药就锯掉它们了？圣会①的司机得到允许在灵车车尾防撞杆上贴一张'又有一位满意的顾客上路了'的字条吗？该死的他干吗要在终场前十分钟把贝纳永换下场呢？告示上能写'杜瓦雷和人生终止关系'吗？我真的不该使用那一种摩丝的……"

笑声响起，大家有些尴尬、迷惑，可还是笑了。嘎嘎作响的空调往室内吹进了一点新鲜青草的香味，说不清这气味来自哪个星球，令人沉醉。我幼年时住在盖代拉的生活回忆向我席卷而来。

"司机沉默不语。一分钟，两分钟，他能坚持多久？于是他又说开了，好像我们俩深入交谈一般。你们也知道那些没人说话的人会怎样，他们孤独、寂寞，真会把你掏空的。我的意思是，你成了他们的救命稻草，除此之外就只有人行横道上为盲人设的嘟

---

① 犹太人为逝者入殓前按犹太习俗做各种准备的机构。

嘟响声了。这就像是你早上七点坐在医生办公室里，等着护士给你抽血，懂吗？"观众深知这种熟悉的感觉。"此时你甚至还没清醒，没喝过咖啡，你至少需要喝上三杯才能撑开左眼皮，你真正渴望的就是独自一人不受干扰地静静死去。可是偏偏有个老家伙在你身旁，裤子拉链开着，身上的肉都露了出来，手里还拿着棕黑色的尿样，顺便问一下，你们有没有注意过人们在医院里拿着尿样走来走去的？"

大家交换着经验，他们完全融入了气氛，渴望受到抚慰。那个灵媒咯咯笑着，周围人都尴尬地看看她，他瞥了几眼，嘴唇轻轻颤抖着。

"不，说真的，大家严肃点儿，有些人拿着坛坛罐罐是这样走的，对吧？有人沿着走廊往化验窗口走。你正坐在靠墙那排的椅子上，他并没朝你看。他正想着百合花呢，身体另一侧的一只手端着化验样本，尽可能放低了，我说得没错吧？"

观众开心地尖声叫着应和他。

"就好像他真的以为这样你就看不见他手里正好拿着一个塑料罐，而罐子里面恰好是一坨屎。现在镜头拉近看他的脸部特写，瞧见没？就好像他跟这事没有一点儿关系，你们懂吗？他只是送信的，是为摩萨德①服务的通讯员，而他的秘密工作就是为研发机构传递生物样本。我发誓，我就喜欢开这些人玩笑，尤其是那些来自行业内的人，演员、导演、剧作家，我确确实实曾经与这些讨厌的家伙共事过。总之，我会直接跳到他面前，张开双臂做出拥抱的动作：'啊，您好，憨豆先生！'当然，他会假装不认识我

---

① 以色列情报机关。

了，想不起来我到底是哪里钻出来的。可是我干吗要在意呢？我早就忘了这种事情上我失去的究竟是尊严还是耻辱。于是我提高声音：'您好，朋友！是什么风把阁下您吹到我们这寒碜的诊所的呢？哦，真是凑巧，我刚好在报纸上看到您又为大家推出了一部新的杰作。太好了！我们都很好奇，想了解您的新作！您的创作令人欣喜，因为它总是发自内部，是吧？出自肺腑内脏！'"

大家爆笑着，擦拭眼泪，双手拍着大腿，连剧场经理都忍俊不禁，只有那个小个子女人没笑。

"哦，怎么了，这又是咋回事？"等笑声平息后他问她。

"你这是让他难堪。"她说道，而他则无奈地瞥瞥我：我们真拿她没辙，是吧？我刹那间想起来了，她是欧律克勒亚。

从得知那小个子女人认识小时候的他，而且把整晚的气氛带偏了之后，我就一直在思忖她到底叫什么。欧律克勒亚，奥德修斯的老奶娘，当他航海结束假扮乞丐回家时，她为他洗的脚。她看到了他小时候留下的疤痕，认出了他。

我把那个名字的字母都大写，写在餐巾纸上。不知为何，这点儿琐碎的记忆让我很开心。我立刻就问自己，能帮他做点儿什么。我能帮他吗？我又叫了一杯龙舌兰。好多年我都没这么喝酒了，我很想吃点儿蔬菜，还有橄榄。几分钟前，我以为自己啥都吃不了了，可是我错了。血液突然在血管里奔涌。真的，幸亏我来了，这很不错，我能坚持待下来更管用。

"于是，车开了好几英里……你们跟得上吧？"他的脸正对着我们，好像是坐在行驶的轿车里，头往车窗外看着大家，而我们，我们这些观众，就笑着说跟得上，我们听着呢，尽管周围有几个人好像对大伙的反应感到惊讶。

"司机突然说，'哎，孩子，我不知道你这会儿是否有心情听，下个月，我就要代表我们军区去参加一个全军范围内的竞赛啦。'"

"我没有回答。我能说什么呢？最多就是咕哝一下，我这种乳臭未干的小孩能说啥。可是几秒钟后，我觉得有点儿内疚，我也不知道这是为什么，也许因为他想得到回应吧，于是我问他参加的是不是驾驶竞赛。

"'驾驶？'他喊道，接着又笑起来，露出了他的一口龅牙，'我，参加驾驶竞赛？！我都拿过七十三次嘉奖令了，伙计！我在里面待了六个月，再加上服役期。离开这里……去参加驾驶比赛！我说的是笑话竞赛。'

"于是我问：'什么？！'因为，我发誓，我以为自己听错了。他便说：'是讲笑话，他们让你讲笑话，每年都有比赛的，是全军规模的。'

"说真的，我有点儿震惊。他到底是为什么突然想到这个的？我就这么坐着，随时等着听他聊起什么。你们明白吗？我以为他会根据情况找话题和我聊天的。可是这会儿他竟然想到了笑话比赛这种事。

"车子继续开着，我们都不说话。也许他不太开心，因为我没表现出兴趣，可是说实话，我是没有心情。当时我也开始注意到他开车水平很烂，一路打着弯，还开到了路肩上，开进了坑洞里。于是我想到了母亲，如果她在场，也许会让我表示一下，即祝他比赛得胜。可我这方面就是少根筋。我仿佛听到了她的声音，她悦耳动听的话语。我都能感觉到耳畔有她的呼吸，于是我说：'祝你好运。'

"'选拔赛大概有二十个人参加,'他说,'来自各个营地,整个南方军区我们三人进了决赛,最后就剩下我。'

"'可是怎么比呢?'我问道。这也是替我母亲问,我问这个问题,因为我才不管怎么比呢,但是我知道她为他感到难过,因为长了这样的牙齿,还有青春痘,因为他的整个长相。

"'反正就这么比了,'他说,'我也不知道,你懂的,我们走进一间屋子,里面有书桌,于是我们就开始讲笑话,根据主题。'

"于是我意识到当时的情况:我知道那个司机正和我聊天,可是他很心不在焉。他的前额皱起,一边低声胡说八道,一边咬着自己的士兵名牌①链子,我渐渐明白这也许是消磨时间分散我的注意力,这所谓的讲笑话比赛。也许,当我放下警惕时,他会突然袭击,就像刀子猛地插上来。

"'当时有一个裁判,他是《巴马哈内》②的记者,'他继续道,'还有一位是来自加莎士③,叫沙伊克,这个大个子总是笑。另外还有两个喜剧演员当裁判,我不认识他们。他们甩一个题目出来,我们就开始讲笑话。'

"'哦,那是。'我说道。从他的声音里我能感觉他在撒谎,我早等着看他怎么收场,怎么对我解释。

"'于是他们说:金发碧眼的姑娘!你们有三十秒钟准备时间,之后就开始讲述。'

"'金发碧眼的姑娘'?"

---

① 用链子悬挂在士兵脖颈的名牌,上面刻有士兵姓名及其他信息。
② 以色列一军事杂志。
③ 以色列一著名喜剧团。

杜瓦雷的眼睛又不知盯在哪里了，这是他屡试不爽的伎俩。他半垂着眼皮，脸部凝聚着困惑的表情，像是对人的堕落本质充满了怀疑。他越是这样，观众就笑得越厉害，可是那笑声又迟疑起来，像是领悟了什么。我感觉到人们产生了一种隐约的失望，因为他们意识到台上这个人压根就是打算把自己的这个故事一直讲下去。

"同时，卡车一路颠簸跳跃着前进，我知道这就表明这个小丑正在思考，都有些忘我了。幸好路上基本是空旷的，差不多十五分钟里都几乎没有一辆车子出现。我用右手摸索着门把手，摸到了弹簧的位置，来回挤压着。我开始有了一个念头。

"'听着，孩子，'司机说道，'你现在不是听话的时候，不过假如你想听……也许也能，我也不知道，能让你好受点儿吧？'"

"什么好受点儿？我想着，脑袋都要爆炸了。

"'听好了，只要你给我一个话题，'他说，然后把双手放直在方向盘上，看得出他没在开玩笑。他的表情一下子变了，耳朵烫得发红。'随便想一个，不一定是我们讲到过的，啥都行，比如岳母大人、政治、摩洛哥人、律师、基佬、动物。'

"这下你们明白了吧，朋友们，听着，请注意我，只要保持一分钟时间，我都已经无奈地和那个送我去葬礼的神经病司机待了好几个小时了，他马上要讲笑话了。我不知道你们是否有过类似的经历……"我左边有个女人低语道："我们也熬了一个半小时了。"幸亏杜瓦雷没听到这话，也没听到捂住嘴的哄笑声。

"这是第一次，"他平静地说，简直像自言自语，"这是我第一次开始有了孤儿的感受，觉得无依无靠起来。"

"于是我们继续行驶，车子热得像烤炉。汗水滴进了眼睛。对他好一点儿，妈妈又对我耳语。记住，每个人都只有短短的一生，你得尽量让他开心点儿。我听到她这么说，脑海里充斥着她的形象、记忆中她的样子，还有照片上她和他的模样，虽然他的照片比她多，因为她几乎不愿意拍照，要是他总拿着相机对着她，她会尖叫的。我脑海里不断涌现各种画面，有些我甚至以为不记得的都出现了，婴儿时的，半岁时的，当时他一个人带我。他常常带我去各种地方。他在缝制这种纤维布袋子，把它挂在脖子上，还有一个画面，他把我背在袋子里，一边给客户剃头，我在他头下面露出一只眼睛偷看着。她没有在，说真的，她不是去这里，就是去那里，她当时在康复中心，官方新闻报道中是这么说的。"他用手指拨弄着下眼睑，"反正就是围着疯人院转，要不就是在缝补血管。我们说到哪里了，内坦亚，到哪里了……"

"没关系，别紧张。突然，我在车里一下子觉得冷了下来，尽管周围刮着热风，我却浑身发冷，真的开始颤抖起来，牙齿咯咯响着，司机看看我，我敢百分之一千保证，他准是在想：我还要讲笑话吗？要讲吗？现在就讲，还是再和他聊一会儿？接着我就更紧张了，因为假如他真对我讲笑话了，该怎么办？假如他就在车里，就我们两人时讲起来该怎么办？于是我立刻试着想想其他事情，无论想什么，只要不听他说话，可是脑子里的念头居然是我从未有过的，就好像我的脑子都开始耍起我来了，不停地冒出各种想法和问题，诸如不知你能否再次割到完全相同的位置、她到底是怎么做的、发生了什么、当时她是否独自一人在家。那些想法不断往外奔涌，包括我在营地时他是否早早地从理发店下班回家，如果不是的话，那么是谁去接她？谁能像我那样接她呢？去贝尔奥拉前我怎么会忘了问问他呢，我不在时他们俩又是怎么相处的？

"'野生动物。'我很快地对司机说，几乎是喊出来的。于是司机说道：'野生动物……野生动物……'这个词居然让我心里一阵激荡。也许我这么说是一个凶兆。突然那一切都成了兆头，好像连呼吸都是。

"'我想好了。'司机说。他的嘴唇嚅动着，我都能看到他的脑袋开始运转。'好了，有了。一只考拉宝宝站在树枝上，张开双臂，跳下来，砸到了地上。站起身，又爬了回去，站在树枝上，张开双臂，跳下来，又砸在地上。再次起身，重复之前的整套动作。一遍又一遍，整个过程中有两只鸟就坐在旁边的树枝上看着它。终于，其中一只鸟对着另一只说，瞧，看来我们得答应它，就说同意领养它了。'"

观众笑起来。

"啊，你们笑了！真是精彩之都，内坦亚。不能说是笑声雷动，不过大家确实笑了。真可惜你们无法身临其境地坐在车里面，你们一定会让那个司机很开心的。因为我，我只是坐在那里，没有笑声，什么反应都没有，就是像狗一样缩在车子一角不停颤抖，心里最初的念头就是他干吗给我讲这种笑话，关于父母和倒霉的小孩呢？可是那个司机，他一讲完笑话，自己就开始笑起来。我的意思是，他真的笑起来了，声音就像驴叫。说实话，他的笑声可比他的笑话滑稽。也许这就是大家选他去参赛的原因吧。我没有笑，而且我也感觉到他有些失望，可是他并不气馁。我也不明白他为何不放弃。怎么会有这么愚钝的人？我心想。

"'好吧，还有一个要笑死人的，'他说，'我每次讲，都不得不暂停一下，否则会笑岔气的，因为这样会被取消资格。一匹马走进了一家酒吧，问酒吧招待要了一杯金星牌啤酒。招待就给它倒了一品脱，马喝完酒，又要喝威士忌，再喝完，它说要龙舌兰，然后又喝了。它再喝伏特加，接着是啤酒……'司机就这么瞎扯着他的一千零一夜故事，可我只想脱身，我的头敲击着窗玻璃，在摇晃颤抖中我突然听到远处沙漠传来了一个声音，听不真切，不过有点儿像小时候候妈妈常为我唱的一首歌，那时我三四岁吧。我不知道这声音是从哪里来的，我发誓不是我发出来的，我已经好多年没想起过这首歌了，当年她常在我睡不着或生病时唱这歌，她会把我抱起来，前后摇晃着，阿里鲁里鲁，睡吧，我亲爱的小家伙，把你的眼睛闭上吧 ①……"

大家都沉默着，那个曲调像一团烟雾般消散了。

"好了，再说说他。"他晃了晃身子，又言归正传起来。"好事情，好事情，想想他的好事情，在哪里，发生了什么，对了是这里，想起来了，足球运动员，我脑海里跑过整支球队，起初是以色列球队，然后是欧洲的，接着是南美的。这我最拿手了，感谢他，无论脑海中出现什么都行。从我五岁开始，那时我上了一年级，他开始教我足球。他全身心投入地教我。好，行了，现在该说她了。可是她还没出现。他又不停地在我的脑海里跳跃。每次我要想起她，他就会出现。这会儿呢？他正在厨房里煎鸡蛋

---

① 意第绪语的摇篮曲。

卷，没准这是个好兆头，说明他在家，一切正常，接着我看到了自己：这怎么会是好兆头呢，你们这些傻瓜？你们怎么会觉得这是好兆头的呢？于是他把视线从鸡蛋抬到了我身上，咧嘴笑，就像对着镜头似的，接着他耍起宝来，他把鸡蛋卷抛到空中，而后把另一只手像指挥一样高高举起，突然他就像在讨好我似的，可是他为什么这么做呢？他此时想从我这里得到什么呢？这事和我没有任何关系。可是他看着我，仿佛一切与我有关，我便恳求他走开，别吓我了，问他想要什么？我希望他至少别一个人来，我不想让他们俩单独过来。可是不——他不仅不离开，还更执拗了。此时他亲自带我去看堆放牛仔裤的房间，我之前说到过的，那里有一张桌子，上面有一张方形的网，还有一把直直插进桌面的长锯子——"

他的语调焦躁起来，又从长颈瓶里呷了一口。

"为什么是锯子呢？谁问的？哦，你好啊，十二桌的！你是教师，是吧？从你的口音里我就知道。为什么是锯子，是你问的吧？可是其他一切都很合理呀，对吧，教师女士？三百条马赛厚平绒裤子散发着鱼腥味，拉链都是在后面的——这样能懂了吗？还派了个十四岁不到的孩子去，他都没有——"

他的眼睛布满血丝，长长地呼了口气，脸颊都鼓了起来，脑袋左右晃动着。我的喉咙开始烧灼。他又喝起来，大口地迅速咽下。我一定能想起在他前往葬礼的时候，自己在贝尔奥拉做些什么。可是都那么久远了，怎么还能记得这些细节？

然而，我从这个情境里挣脱了出来，我得好好捋一捋头绪。我警告自己，不能有差错，我拼尽全力试图唤醒身体里当年的那个小男孩，可是他不停地在我意识里破碎瓦解，就是不肯被我抓住，不肯现身，不愿被探查。我就是不放弃，我把所有精力都集中在这几分钟里。这可不容易，要抓住这些想法。杜瓦雷还是沉默着。也许他感觉到我没在听他说话。不过我至少强迫自己思考了这些关键问题：在他离开营地后，我是否每隔几个小时都会想到他？我记不得了。或者至少是一天想一次？记不得了。我是什么时候意识到他不会回来了？记不得了。我怎么会不去试图弄明白他被带去了哪里？他走了我是否觉得轻松了，甚至很高兴？记不得了。都忘了！

我只知道那是我最初爱上里欧拉的日子，这感情碾压了其他所有的思想和情感。我也知道露营之后我没有再回去上数学辅导课。我告诉父母，说不管怎样我都不去上了。我态度很坚决，那种坚定果敢让他们意外。于是他们让步了，妥协了，他们把这怪罪于里欧拉的负面影响。

他竭力张开双臂，笑容也随之展开。"不过我得告诉你，教师女士，你会很吃惊的，那把锯子其实是有专门用处的，因为我爸爸，哦，这位大亨从事的是纺织品生意，是的，是的，他用双手在纺织品再利用领域打造了自己的品牌：破布网。他买卖破烂衣裳，这是他业余时间里的高尚职业，就在理发店工作的午餐时间，这是另一项卓越的事业……"

观众当中出现了一阵沙沙声，不知道这声音究竟是从哪里发出来的。我看到差不多所有人似乎都被这故事和说故事的人迷住了，听得忘我，也许有时候会露出反感甚至惊慌的表情。可是有嗡嗡声传来，就像来自远处的蜂房，这声音从观众中发出，持续了几分钟。

"他以前常常骑着自己的萨克斯助力车在耶路撒冷周边到处跑，买破布、旧衣、衬衫、裤子……"此时他也听到那声音了，他的声音渐渐增强，变成了我们熟悉的收旧货小贩的吆喝，"收旧货啦!"他不管不顾地讨好着观众，狂热而绝望。"旧毯——子，棉——布，毛——巾，旧被——子，尿——布……然后进行清洗，再根据面料和尺寸进行分类整理。"嗡嗡声此时从全场的各个角落传来，自每个方向聚拢过来。"接着他会怎么做呢，听着，朋友们，答案即将揭晓，别打岔，他会坐在堆放牛仔裤的房间的地板上，像洗扑克牌一样处理这些旧布，动作异常迅捷，这个给你，那个是他的，赶紧了，这里一堆，那里一堆，这可是真正的事业，别小看了它，然后他会用锯子处理那些衬衫和裤子，切掉边角，所有的纽扣、拉链、夹子、带扣和饰片，这些东西都堆在一起，别急，他会把它们卖给歇雷姆区的一个裁缝，他的词典里可没有浪费二字，然后他会把成百的旧布料扎成一捆，我常常当他的帮手，我喜欢干这活，我们一起点数，九十八，九十九，一百! 随后我们用麻绳紧紧地把它们扎起来，他再把它们卖给汽车商店、油漆铺、医院……"

低语声平息下去了。厨房的喧嚣也停止了。一片沉寂，就像一场浩劫后徒留虚无。杜瓦雷沉浸在故事中，显然没有注意到有什么东西在悄悄酝酿着，我担心有人真的会伤害他，朝他扔玻璃杯子或瓶子，甚至是椅子。此时什么事情都可能发生。他站在台下，离观众太近了，他的胳膊抱住自己瘦削的胸部，脸上慢慢展现出超然、坦率的微笑，"每个晚上我都坐在妈妈身旁，她手里拿着针和尼龙线干活，我做作业，一边看他拿着锯子忙着。我记得他的动作，记得他的眼睛圆睁着，黑洞洞的，直到他抬头凝望妈妈，瞬间从方才的专注里缓过神来，又恢复了常人的神态，还有妈妈，嗨，妈妈，听着，内坦亚……"

突然，全场爆发，大家站起身，椅子都被推到了身后，一只烟灰缸哐当一下跌落在地板上。咕哝声、嘟囔声、叹气声，接着是不同于内场的声音从外面传进来，是狂放的笑声、车门被甩上的声音、引擎的轰鸣和轮胎摩擦的尖叫声。杜瓦雷慢慢跑到黑板前，手里的粉笔像指挥棒一样飞舞。五、八、十，越来越多，至少十桌的人走了，毫无协调配合的意思。人们突然形成共识，大家像难民般匆匆拥出，在门口形成了堵塞。那个肩膀宽厚的男人拍着桌子，而后从我身旁经过，一边朝着他妻子咕哝："你能相信他居然利用我们来诉苦吗？"她回答道："是啊，说那面条干吗？别忘了还有那用过的尼龙线！我们还都围着他听故事！"

三分钟后，观众差不多走完了，那个小小的夜总会，天花板压得很低，似乎在震惊中喘息着。我们这些还坐着的观众就这么看着最后一批人带着无聊沉闷的心情离开，其中有些人骂骂咧咧的，有些人忿忿不平，可是仍然有一部分人，为数不多，他们端坐着，转向杜瓦雷，期待他重新振作起精神来。杜瓦雷自己则背对着出口，在黑板上划下最后几道红线，它们看上去就像是疯子的涂鸦。他把粉笔放下，转身面对稀稀落落的观众，令我惊讶的是，他显得很轻松。

"还记得那个司机吗？"他问道，好像方才几分钟里压根什么都没发生过。他又替我们回答道："啊，我们想起来了。这期间司机一直在讲笑话，越讲越多，我甚至都没听他的，我连礼节性地笑一笑都没有，我做不到。可是他强悍坚韧，这个顽固的表演者，简直坚不可摧，哪怕成千的观众中途从他车里下去，他都毫不动摇。我从侧面看着他，看他的脸部表情有什么变化。此时他神情坚定，严肃凝重，他没有朝我转过来，也不想朝我看，只是不停地说笑话。于是我想：他妈的这是怎么了？他脑子有问题吧？"

"整个情形，我怎么说好呢，整个旅程，那个司机，还有军士训练官实际上管我叫'孤儿'，这些此前甚至都没引起我警觉，还没有真正渗透进来！它们像电路跳闸般不停地让我断电。孤儿会突然长大，不是吗？或是像某种跛子。孤儿就像九年级的埃利·斯蒂格利茨，他父亲在死海那边的工厂上班，吊车突然跌落下来，从此埃利讲话就结巴了。难道我也要结巴了吗？孤儿会发出怎样的声音？失去父亲的孤儿和失去母亲的孤儿会有什么不同？"

他的双手捏成了拳头，举在嘴巴前。大家靠拢过去，想听得更清楚些。人数寥寥，四散在全场。

"相信我，内坦亚，我不想生活中有任何改变。我经历过好事，世上最好的事情。我们的公寓突然变得像天堂，虽然房间又小又黑，满屋子的破布和棉绒味道，还有烧饭炒菜的气味，都能把人给憋死。我甚至突然喜欢那味道了。好嘛，它一下子就逊毙了，成了疯人院，是的，我整个懵了，是啊，大事情嘛，每个人都挨过揍，又怎样，谁不还手呢？那时候就是这样！没其他更好的应付法子！会很糟糕吗？我们后来不都好好的吗？难道就不做人了？"

他目光呆滞，好像这些事情都发生在此刻，就在当下。

"这就是家庭，前一分钟还亲密拥抱，下一分钟你就被皮带揍得屁滚尿流，还都是为了爱。棍棒底下出孝子嘛。'听我的，小杜瓦，有时候一个耳光胜过千言万语。'这就是我父亲对于笑话的总结。"他用手背抹去额头的汗水，努力做出微笑的样子。"说到哪里了，我亲爱的小乖乖们？你们怎么了？你们看上去真像是受虐的孩子，我真想抚摸你们的后背，唱一首摇篮曲。你们听过关于蜗牛找警察的故事没？没听过？你也没听过?！蜗牛走进警察局，对办公室的警员说：'有两只乌龟攻击我！'警员翻开卷宗说道：'请详细描述一下案发经过。'蜗牛说：'我记不清楚了，发生得太突然。'"

观众谨慎地窃笑着，我也是，不仅是针对笑话。此时的笑声更多是出于呼吸所需。

"听好了，整个过程中我的手一直抓着车门把手。那个司机并不看我，他继续——"

那个小个子女人突然开心地高喊起来，他看着她："怎么了，灵媒？我说了什么滑稽的话了？"

"是的，那个蜗牛的笑话太滑稽了！"

"真的吗？"他开心地瞪大了眼睛。

"是的！因为它说事情发生得太突然……"

他的目光从眼镜片上面瞥着她。我知道他是在琢磨该说什么俏皮话：有人说过你很像银行保险箱么？都有十分钟滞后反应机制……不过他只是对她微笑，一边举高了双手。"你真特别，皮茨。"

她直起身子，短短的脖子拉长了："你以前对我这么说过。"

"我以前对你说过？"

"有一次我哭了，你从街上走过来——"

"你干吗哭呢？"

"因为他们打我，你说——"

"他们为什么打你？"

"因为我不会长个子了，这时你从挂着气球的房子后面走过来——"

"手倒立着走吗？"

"当然了，你说我还真特别，说如果我是因为这些哭，而你是倒着看的，觉得我明明是在为自己笑。"

"你还记得这事？"

"我偏偏记性很好。"她解释着，点了三次头。

"现在讲点儿完全不同的内容！"他声明道，不过这次喊声很克制，也许是不想吓着她。"那个司机突然拍着前额说：'我真不敢相信自己居然是这样的傻瓜！你这会儿也许压根没有心情听笑话，是吧？我只是想让你脑子清醒一下，想让你暂时忘掉痛苦，可是我不该这样的，对不起，好吗？原谅我？别生我气？'于是我说：'没关系的。'他又说：'你该睡一会儿，我讲完了，从现在开始，一直到抵达贝尔谢巴，我什么话都不说了。闭嘴！'"

他又做起了乘车时的动作：身体上下抖动，就像车子行驶在坑坑洼洼的路上，左右晃动着。这位乘客的双眼慢慢闭上了，脑袋耷拉在胸口，一路颠簸着。突然他惊醒了，大叫："我没有睡着吧！"接着又慢慢跌入睡梦中。他表演得惟妙惟肖，真是精湛。这一小群观众会心地笑了：他真有天赋。

"接着，就在我即将入睡前的一秒钟，司机说：'孩子，我能再问你个问题吗？'我没有回答，只想睡觉。'我只想问，'他说，'你是故意克制的吗？''克制什么？''我也不知道……就是——哭泣。'

"就在那时，我紧闭着嘴。我拼命压抑着不说话。不能对他说。我宁愿他再讲笑话也比多管闲事好。于是车子继续开着。只是他，你们也都知道了，这人可执拗了。一分钟后他又问我是否在克制，还是就是不想哭。"

"说实话，我也不太明白自己。司机没说错：我应该哭的，孤儿就该这样，不是吗？或者说，双亲中失去一个的孤儿也该这样。可是我就是没有落泪，一滴都没有，我的身体就像影子，毫无情感。而且，怎么说呢……就像我不把事情彻底弄明白，是不会做出任何反应的。是这样吧？"

他停下来，等着我们，我们这群留下来的观众中有人做出回应。

"只是我的眼睛，"他柔声说道，"一直处于崩溃边缘，不是要掉眼泪，没有眼泪，是感到疼痛，就是那种压迫眼睛的致命的疼痛。"

他用两只拳头按压着镜片底下的眼睛，久久地按压，很用力，仿佛要把眼睛从眼眶里挖出来。

"'我家里有个兄弟去世了，愿他安息吧，'司机说道，'当时他五岁，是溺水身亡的，即便我都不认识他，我也会为他哭的。'

"说到这里，他还真哭起来了。眼泪从脸颊上连串地淌下。

'我也不明白你为什么会这样。'司机说着，几乎泣不成声，像孩子般抽泣着。我看着他的眼泪，他没有擦拭，任两道泪水不停滴落在军装衬衫上，根本不想抬手或拿什么东西去抹。泪水就这么不断流淌，一发不可收。可是我毫无反应，脑子就像被堵塞了，卡壳了，不过一旦疏通，那我也会难以自控。整个过程中，请注意了，我还想着也许他知道些什么，也许方才在指挥官营房里听到了些什么，他干吗不告诉我呢，我干吗不问，就这么放弃呢，不就两个字吗，老天呐，我干吗不干脆就闭上眼睛，把问题抛出来，爱咋咋的？"

"哎，伙计们！伙计们！"他突然提高声音，挥舞双臂，观众——我们所有人，大家都退缩了一下，好像如梦初醒。我们尴尬地笑着，他从口袋里掏出红手帕，擦拭汗水，然后假装拧手帕，一边吹口哨。"你们知道我在想啥吗？想人的大脑……它从不停息，周末、假日甚至赎罪日都一直工作。大脑签下的劳动协议该有多糟糕，它到底是怎么想的？不过我要说的是……嗯，对了，试想世界上有那么一个国家，它的法律制度是这样的：法官坐在那里，敲着小木槌，宣布道：'被告请起立！'"他站直身子，显得很僵硬，一边瞥了我一下。"'法庭判定你犯了持枪抢劫罪，由此宣布处以患甲状腺癌的刑罚。'或者，这么说吧，三人法官团判定你犯了强奸罪，对你处以患克雅氏病。或者，他们会这样说：'法庭被告知进行诉讼交易，因此免除被告那个德国家伙患阿尔兹海默症，改患中风。至于篡改证据的行为，他应该被判患肠道过敏。'"

人数少了很多的观众席上传来勉强的笑声，他悄悄地侧目瞥瞥大家。"你们都知道得病时的感受吧，尤其是那种棘手的病，发病很急，我的意思是，恶化得很快的那种，于是你遇到的所有人都竭力要说服你，说这病其实没啥，是吧？其实正相反！他们都会这样讲，说有人听说某人和患上多发性硬化或肝癌的人生活了二十年，生活得相当不错！过得好极了！然后他们大费口舌地让你相信这有多棒，多厉害，多了不起，于是你会觉得自己要是多年前不患上硬化症，那就简直是个傻瓜了！你本来可以如此精彩地和他人共度人生！原本可以如此佳偶天成！"

说着，他开始跳起踢踏舞来，收步时还"嗒哒！"一声，双臂张开，一条腿跪着，汗水从脸上倾泻而下。大家都不敢鼓掌，人们嗓子干涩，一边吞咽着，一边迷惑地看着。

"好吧，于是我们继续前行，在公路上行驶，小丑和你这位不忠的仆役，该死的，我真是不忠啊。"他试图从跪姿站起身来，第三次尝试时才站了起来。"我们感到又热又干，眼前飞舞着苍蝇，都要飞进嘴巴了。你们知道发生了什么吗？我收回方才的话：我其实没怎么多想那段旅程。我是说，我清醒的时候不想这事，只是间或会浮现这些片段，那个车窗，还有我脑袋不停敲打车窗的样子，以及我不住看到司机用嘴唇盖住牙齿，我座椅上有个小洞，一路上我总是把手指插在里面，那是泡沫橡胶的，你们没准会笑我，可是我之前从没见过这种材料，因为我家里的是稻草垫子，我喜欢泡沫橡胶的手感，我坐在卡车里，一直觉得这东西是来自另一个地方的神奇材质，这高级的东西正在保护我，我想象着一旦我把手指从洞眼里拔出来，一切就会朝我坍塌下来。直到今天，我脑子里尽是这些关于那段旅程的乱七八糟的东西，这些回忆常常是在夜里发生的，就在梦里，会有故事片的长度，有些滑稽，因为每天晚上都会出现，你们能想象这有多无聊吗，哎，你，放映员！你干吗反复播放同一部电影?！接着那个司机，他看都不看我，突然说道：'可是你还没告诉我是谁——'"

杜瓦雷用那双迷惘的眼睛瞪着我们。他夸张地把嘴角往两边拉，想强迫大家也笑一笑。可是没有人笑。他把眼睛瞪得更大了，迅速眨巴着。他的脸完全像个小丑，他上下点了几次头，不出声地说：不好笑? 真的? 是这样吗? 一点儿都不滑稽? 真的没辙了? 他的脑袋耷拉在胸口，沉默了片刻，一边做着手势，脸部露出夸张的表情。

然后他安静下来，静止不动了。

不等大家反应，那个小个子女人好像知道要发生什么事情，她缩回身子，双手捂住脸。那拳头移动得太过迅速，我几乎没察觉，只听得牙齿咯咯作响的声音，他的整张脸似乎瞬间从脖子上挣脱出来，眼镜也掉落在地板上。他没有改变表情，只是因为疼痛呼吸沉重起来。他用两根手指撑住嘴角：还不好笑? 一点儿都不好笑?

观众僵住了。那两个摩托车手拉长着脸坐着，竖起了耳朵，我突然明白他们也知道这一刻会到来，而这就是他们来这里的原因。

此时他高喊着："不好笑? 一点儿都不? 不，不，不是吧?"他揎自己的脸、肋骨、腹部，好像至少有两个人在搏斗。就在动作和表情不断变化中，我看到了一种表情，今晚这表情不止出现了一次：他正在与施虐者联手，他像是用他人的手在殴打自己。

这场人性的暴风雨持续了大约二十秒钟，直到他突然停住。他的身体一动不动，好像在抑制什么，避免显出恶心欲呕的样子来。接着他耸起肩膀，转身走下台，穿过那扇曾登台亮相的门。他像纸偶般大踏步地走动起来，膝盖抬得很高，手肘摆动幅度很大。走到第三步，他踩到了自己的眼镜。他并没有止步；肩膀轻轻耸动，接着就走下去了。他背对着大家，不过我能想象他踩碎了自己的眼镜时的那副嘲弄的表情，还有嫌恶的低语：白痴。

他准备离开，不把故事讲完就离场。他的一条腿和半个身子都已经过了门。他又停住了，半个身子还在门外。他轻轻地扭过脸对着大家，期待地眨眨眼，脸上掠过讨好恳请的笑容。我很快直起身子，大声笑起来。我完全明白自己发出的是怎样的声音，可是我再次笑起来。有几个观众也附和着，声音微弱，怯生生的，不过已经足以把他拉回来。

他转身，开心地蹦回来了，简直像小姑娘在草地上撒欢，还顺路弯下身子把扭曲、破碎的眼镜捡起来，架回到鼻梁上，看起来就像戴了个百分比符号。两条细细的血从他鼻孔里流到嘴边，又滴落在衣服上。"现在我是真看不到你们了。"他笑着说，"你们在我眼前只是一片模糊的黑点，你们全都可以走了，我都不会知道！"

不出我所料，他自己也知道的，也许也暗暗希望如此，有四个人一起站起身离开了，还一脸震惊的样子。另外三对夫妻也跟着走了。他们匆匆离开夜总会，头都不回。杜瓦雷向黑板走近了一步，可是又放弃地摆摆手。

"公路飞速后退！"他喊道，想用声音拖住离场者，"那个司机

非常生气,他整张脸都在抽搐,接着全身都抽搐起来,撞击着方向盘:'至少你得告诉我到底是爸爸还是妈妈,是吧?'

"我坐着没说话,什么都没说。我们继续行驶。一片片坑洼。我都不知道到了哪里,还有多少路。车窗敲击着我的耳朵,阳光暴晒着我的脸,我都睁不开眼。我闭上左眼,接着闭右眼,轮流着来。每次交换眼前的世界就会发生变化。此后,我终于铆足了前所未有的力气,说道:'你不知道吗?'

"'我?'那可怜的小丑喊起来,差点放掉方向盘。'见鬼了,我哪里会知道?'

"'你当时不是和他们一起在室内吗。'

"'他们说这事时我没在……后来他们又跟我打了起来……'

"我松了口气,司机并不知情。至少他没对我隐瞒什么。我从侧面瞥瞥他,突然觉得他是正常人了。有点儿拧巴,但还算正常,而且他还那么努力地逗我笑,也许旅途中他也很紧张,有我在身旁,我的意思是,他压根不知道我会做出什么举动来,我自己都不知道。

"我开始想,还真得等到了贝尔谢巴再看了。不管谁来接我,总会知道的。他们一定得知了详情。我考虑着是否应该问问贝尔谢巴还有多远,我也饿了,从早上开始我啥都没吃。我把脑袋往后靠,闭上眼睛。这样我稍稍呼吸畅快些,因为我突然有了更多的时间:从现在到贝尔谢巴那里的人告诉我实情为止,我可以假装什么都没发生,一切和我刚离开家时一样,我只是乘着军用卡车和一个讲笑话给我听的司机前往贝尔谢巴,因为,为什么呢?因为这就是我希望的,因为总部今天恰好有一场笑话竞赛,我非常想观看。"

在远处，在夜总会外面的工业区，传来了警笛的鸣叫声。一位服务员坐在一张桌子旁，那里的客人已经离席，她盯着杜瓦雷看。后者朝她虚弱地微笑着："看嘛，瞧你，娃娃脸！你又怎么啦？要是你带着这种表情走出去，约阿夫是不会付我薪水的。干吗拉长着脸？难道有人死了？不过是脱口秀表演嘛！确实，笑料有点儿另类，是老套的军队故事。都过去好多年了，四十三年啊，伙计们！都说有诉讼时效的，那个孩子是好久以前的人物，上帝保佑他，我已经完全脱离了他，复原了。振作点儿，笑一笑，给我点儿鼓励，照顾一下我的生计嘛，我得付赡养费啊。那些学法律的学生去哪里了？"他用手盖住那副扭曲的眼镜，然而那几个人早就离场了。"好吧，"他咕哝着，"没关系，也许他们得去某处的私设法庭。顺便说一下，你们知道拉丁语中'赡养费'是什么意思吗？直译到希伯来语就是'通过钱包拔掉男性睾丸'。很妙，是吧？富有诗意。是啊，是啊，你们都笑了……我，我倒要哭了……有些女人怀孕了也没成，但是我，我的几次婚姻都没成功，我想成功来着，可就是做不到。每次都一样的结果。我承诺、发誓，接着又开始犯老毛病，总是一团糟，然后是听证会、财产分割、探访权……你们听过这个故事吗，兔子和蛇一起掉进了一个黑洞？都没听过？你们都在哪里生活啊，伙计们？！蛇摸了摸那只兔子，说道：'你有柔软的皮毛，长长的耳朵，还有大大的门牙——你是只兔子！'兔子摸了摸蛇说：'你舌头开叉，还能爬，滑溜溜的——你是个律师！'"

他举起一根手指，打断了我们稀稀拉拉的笑声。"问你们一个问题，一个小小的杜瓦雷禅宗问题：如果一个男人独自站在森林里，身旁没有任何人或其他动物，这是他的错吗？"

女人们笑出声来，男人们则偷笑着。

"那个司机开始用手拍击方向盘，他喊道：'该死的！他们怎么什么都没告诉你？怎么什么都没说？'我没回答。'他妈的。'他一边骂着，一边点了一根烟，双手颤抖着。他侧目瞥瞥我，眼神怪异。'要来一根吗？'我若无其事地从盒子里抽了一根，他为我点着了。这是我此生的第一根香烟，时代牌香烟，男孩都抽这个牌子。营地里的那些家伙才不肯给我呢。'你还是个毛孩子'，他们总这么说，一边从我脑袋上前前后后地传递着香烟。连女生传烟时都跳过我，此时这个司机还为我点烟，而且打火机上还有个裸体女郎把衣服脱上脱下的。我吸了一口烟，咳嗽起来，太烧了，烟不错。我巴望着它把一切都烧了，最好把全世界都烧了。

"我们就这样一边行驶一边抽着烟。彼此沉默，就像爷们。如果老爸看见我这样，他准定立刻就揍我了。所以我就立刻换着想想老妈，想啥都行。想想她晚上走下从军工厂那里回来的公交车时的表情，她就像是一整天都在忙着为死神打工，每天都这个样子，可怎么也无法适应，只有当她把身上的子弹味道冲洗掉之后，才变得又像常人了。接着她会坐在靠椅上，看我给她表演。我们管这叫'每日秀'，我每天上学路上、上课和放学时都会构思怎么演，这是专为她进行的表演，有人物，有服装，帽子、围巾，还有我从邻居的晾衣绳上偷来的衣服，街上捡来的各种东西，总之，有其父必有其子嘛。"

"我们周围一片幽暗，只有我和她两个人，我们不需要点灯，那个热水开关上小小的红点就够了。她在黑暗中最自在，她是这么说来着，而且黑暗中她的眼睛也更大，显得虚幻，就像两条蓝色的鱼在幽暗的红光中跃动。当你在街上看到她戴着围巾，穿着靴子，低着头，你压根不知道她有多美，可是到了房间里她就成了世上最美的女人。我以前常常模仿加莎士、尤里·佐哈尔和沙伊克·奥菲尔，还有戏剧俱乐部四人组表演的喜剧小品。我会用扫帚柄当麦克风，为她唱歌：《你如此年轻》《我可爱白脖颈》《请问芳名》，等等。一整场秀，每晚都上演，经年累月，日复一日，他一点儿都不知道，也没撞见过。有时候我刚演完，他就进来了，会察觉到什么，可就是想不出究竟是啥，他会站在那里，老教师似的冲我们摇摇头，也就这样，再没别的举动，他根本想象不到她看我表演时的神态。"

他俯下身子，弯着腰，像是要团起身子来讲故事。

"这时我又开始觉得，这么长的一段时间里，我一直不受干扰地想着她，这似乎不对，可是我又不想让自己的思绪被打断，我害怕这样会弱化她，她其实很脆弱的。得轮到想想他了，要公平些。时间上要平等，精确到秒。她常常端坐着，双脚放在搁脚凳上，身穿白袍子，头上缠绕着白毛巾。她看上去就像公主，像格蕾丝·凯莉。"他转身面对大家，声音突然变了，俨然是一个男人口齿清晰地对着我们讲话。"听着，也许这只是一天中的短短一小时，统共一小时时间，这是我和她独处的时光，直到他回家。也许一小时都不到，也许只有十五分钟，我也不清楚，小时候的时间感觉是不一样的。不过那是我和她一起度过的最好的时光，所以也许我有点夸张……"他轻声笑道，"我常常为她做各种表演：

'餐饮太糟糕了，分量又那么少！''有一次我射到了一头麋鹿。'都是以色列的经典节目。她就拿着烟这么坐着，露出微笑，那笑容一半是对着你，一半是冲着你脑袋后面的什么，我甚至都不知道她能从我的希伯来语，从语调和俚语中听懂多少，也许很多都不懂，不过每个夜晚，连着三四年，没准五年时间，她都坐在那里看着我，微笑着，除了我没有别人看到她这样的微笑，真的，直到她突然露出厌倦的表情，就在我话讲到一半时，讲到哪里不重要，可能是马上要抖包袱时，我察觉到了，这方面我很在行的，她的目光开始隐隐躲闪起来，嘴唇颤抖着，嘴角往两边拉，于是我立即抖包袱，竭力冲过弯道，开始加速，可是我发现她当着我的面一下了封锁了表情，就这样，完结了，没有奏效。我依然站在那里，头戴围巾，举着扫帚，简直像个傻瓜，小丑，而她拿掉了头上的毛巾，掐灭了香烟。'瞧你都变成啥样了！'她喊道，'去做作业吧，出去和小伙伴们玩耍……'"

他在台上旋转了三圈，才缓过气来，在此间歇我觉得自己就像在另外一个地方，在痛苦中挣扎。她要是能给我留个孩子就好了，这我盼望了上千次。可这一回痛点不一样了，我都不知道自己还有这样的器官部位。要是我能有个孩子，能让我时时想起她的各种细节该多好，她脸颊的线条、嘴角的小动作……这就足够了，我发誓，我就别无他求。

"总之，我们讲到哪里了？"他嘶哑地喊着，"到哪儿了？继续讲下去，加把劲，杜瓦雷。我们讲到了贝尔奥拉、司机、香烟、妈妈、爸爸……于是车子行驶得很快，里程计上显示时速是七十五、八十迈，底盘都开始颤抖了，可是司机还是不停用拳头砸着方向盘，一边晃着脑袋。我只看到一个摇头娃娃在开车，而不是正常司机坐在驾驶座前。每隔几秒钟他就怪怪地瞥我一眼，好像我是……好像我得了某种——我也不知道——某种疾病……

"可是我，没事人似的，抽着烟。我长长地吸了一口，狠狠地灼烧脑袋，把所有思绪烫一遍。另一方面，如果我抽烟的话，就能不走脑子地想他们，因为她也抽烟，他也是，她是夜里抽，他是早上，想到这里，他们俩的烟气混杂在一起，我的脑子里烟雾缭绕，着了火似的，于是我把香烟弹到车窗外，我都透不过气来，透不过气来了。"

他心烦意乱地在台上走动着，用手往脸上扇风。有时我会觉得他是在从故事里汲取力量。可是瞬间我又觉得那故事把他所有的精力都抽干了。我不确定两者是否有关联，不过也许因为他随着故事而动，我脑子里涌上了一个想法：也许我要为他记下来，简短地记下一些要点，关于今晚的概述。我要坐在家里，凭着这些胡乱涂写的餐巾纸，有条理地记录一下这里发生的事情。

再送给他，就当是纪念品。

"突然他刹住了卡车，那个小丑。可是这停车不是那种优雅地滑行，不，他像银行抢劫犯一样狠狠刹车，车子发出尖利的呐喊！"他做着动作，身子往前倒，又往后倾，嘴里大口喘息，"就是《警网铁金刚》里的史蒂夫·麦奎因 ①！邦妮和克莱德！要开到路肩上去了！不，慢着，那里没有路肩！这是在四十三年前，公路都刚刚被发明出来，人们看到撞车还会鼓掌，要求再演一个！

---

① 史蒂夫·麦奎因（1930—1980），二十世纪六七十年代好莱坞硬汉派影星。

砰！卡车颠簸着，我们俩的身子弹了起来，脑袋撞到了铁框的帆布车顶，我们大声叫喊，牙齿咯咯响，满嘴的沙子，当卡车终于停下来时，他的脑袋一下撞在车喇叭上，就是额头猛砸撞上去的那种。说真的，也许有三十秒的时间，他就这么坐着，简直要在沙漠里钻出了个坑洞来。然后他抬起头，一只拳头狠狠砸在方向盘上，我真担心他要把方向盘砸碎了，然后他说：'你说我们往回退怎么样？'

"'你说什么，回去？我得去耶路撒冷啊。'

"'可是这不对劲，你都不……'他结巴起来，'这有违……我也不知道，这有违上帝啊，有违《摩西五经》，这不对啊，我不能再这么开下去，这让我很不好受，真的，让我觉得恶心——'

"'继续开车，'我对他说道，声音也变了，'到了贝尔谢巴他们会告诉我们的。'

"'该死的他们！'他朝车窗外啐了一口，'这些臭狗屎，我已经有他们的号码了，一群人渣，每个人都推托，都想由别人来告诉你。'

"然后他下车撒尿。我坐在车里，一个人，突然，这样子还是第一次，只有我一个人，自打那个女军士把我带到指挥官的营房之后。我立刻就明白了，这样不好，不能独自一人。这感觉向我袭来。我打开车门，跳下车，在另一侧撒尿。我站在那里撒着尿，才一秒钟，一个人就跳进了我的脑海，是我父亲，他硬挤了进来，他这样的举动比她多，这是啥意思，为什么她越来越虚弱黯淡了？我硬要把她拉进来，可是他跟着她一起进来，拖曳着她，不肯让我和她两人单独待哪怕一秒钟。该死的，我用力想着她，我希望她好好的，可是那又怎样？当收音机里说以色列战士杀死了一名恐怖分子，或是双方交火，整个组织都被我方力量消灭了，我看到她的脸变得苍白。她听到这消息时，迅速站起身来，走进了浴室。哪怕她早已洗过了，她还是走进去，又洗了一遍，在里面待了差不多一个小时，都要把手上的皮肤搓掉了，还用光了所有的热水，然后爸爸恼火了，在走廊里不停走动，怒气冲冲——册！册！既为了那热水，也为她不支持我们的部队。可是当她走出来时，他一句话都没说，什么都没说。瞧，我又想起他来，他是不会让我和她单独相处哪怕一秒钟的。"

他绕着舞台徘徊着，我想他都有些蹶趄了。身后的铜瓮将他的身影一会儿吸收进去，一会儿反射出来，一遍遍反复着，令人烦躁。

"我的脑子高速运转：即将发生什么，该怎么应对，我会怎样，谁来照顾我。举个例子，你们都知道的，我大概五岁时他开始教我踢足球，说真的，他不是教我如何踢，简直是开玩笑，他对踢根本没兴趣，他给我讲实例和规则，世界杯、以色列杯、锦标赛的赛事结果，还有国家队的球员名字，然后是英格兰、巴西、阿根廷、匈牙利等球队的，显然全世界的球队他都想提到，当然，除了德国队，还有西班牙队，因为实行大驱逐，对此他还是无法真正谅解。有时我正在做作业，他正剪着破布，会突然冲我喊道：'法国！一九五八年世界杯！'我冲他喊：'方丹！荣克！罗杰·马尔凯！'他接着说：'瑞典！'我答：'利德霍尔姆！西蒙森！'和他这么呼应着很开心。你们也知道的，这家伙一生中从没去过一场足球赛，他觉得这是浪费时间：他们干吗非要踢上九十分钟呢？

干吗不是二十分钟？为什么不在第一次进球后就停止？不过他心里觉得我还小，身体弱，觉得我如果能多了解些足球，男孩们就会尊重我，保护我，我就不会常常挨他们揍了。他就是这样的思维，总是心怀隐秘的动机，会留一手，你从来不知道他究竟想干吗，他这是在支持你，还是在反对你？我觉得他也是这样把我养大的，坚信最终人人都会小心提防自己。这就是他的口头禅，这种核心的精神遗产将由爸爸传承给，哦，传给他温柔的儿子。

"我们刚才说什么来着，内坦亚？其他还有什么我记得的？哦，对了，还有好多事，我刚意识到还有好多事情我是记得的，太多了。比如我撒完尿，就照他教我的做，'抖一下，再抖一下'，这时我想起他顺带着还教过我很多东西，倒没有兴师动众，比如修补百叶窗、在墙上钻洞、清理煤油加热器、疏通下水道、换保险丝，等等等等。我还记得，有时候我会觉得他非常急切地想教我各种事情，不仅仅是足球，他其实并不在乎足球，我的意思是其他父亲可以讲给儿子听的东西，比如他的童年回忆之类的东西，或是各种想法，或者他会走过来给我一个拥抱。可是他不知道该怎么做，也许他觉得尴尬，也许他只是觉得我与妈妈待得太久了，都很难改变了，然后我意识到自己又想起他而不是她了，我的脑子里尽是这些乱糟糟的东西，我开始晕眩，都没力气爬回到卡车里。

"晚上好，内坦亚！"他高喊着，好像自己刚来到台上。可是他的声音疲倦而刺耳。"你们还在听吧？你们能否记得，这里有谁有足够年纪能记得的？我们小时候有一种玩具，叫三维魔景机的？这小玩意能放幻灯片，你得按按钮，然后画面就会切换，就是胶片黄金时代的东西，"他打趣道，"我们就是这样观看《木偶奇遇记》《睡美人》，还有《穿靴子的猫》……"

只有两个观众露出笑容，那个高个子银发女人和我。我们的目光接触了片刻。她脸部线条柔和，戴着细边框的眼镜。

"现在你们能想象我当时的样子，我和司机坐在卡车里，咔哒。我们四周都是沙漠，咔哒。不时有一辆军车朝我们开来，然后嗡一声擦身而过，咔哒。"

坐在台边的那五人一组的年轻男女相互望望，然后站起身，离开了。他们一言不发，我都不知道他们为何会留这么久，又是为何挑这个时刻离开。杜瓦雷走到黑板前，站在那里。我觉得这次他们的离场比其他人的更伤害他。他耸起肩膀，用力拿粉笔写着：直线、直线、直线、直线、直线。可是，就在出口处，其中一个女人停住了，她没有男朋友，尽管朋友们不断劝她，她还是对其他人道别，然后坐在了一张空桌子旁。经理示意服务员迎过去。她点了一杯水。杜瓦雷像骆驼似的慢步跑回黑板处，有点儿像格劳乔·马克斯①，他夸张地拭去了其中一条线，然后转过头来，咧嘴朝她笑着。

"突然，不假思索地，我对司机说道：'给我讲个笑话吧。'于是他整个身子缩起来，好像我揍了他一拳。'你脑子没问题吧？讲笑话，现在？''又能怎样？就一个笑话嘛。'我答道。'不，不，我这会儿不行。''那你之前怎么就行了呢？''之前我不知道，现在我知道了。'他连头都没转过来，是怕对着我吧。就好像他担心自己

_____

① 格劳乔·马克斯（1890—1977），著名美国喜剧演员，1974 年获得第 46 届奥斯卡终身成就奖。

会被感染。'忘了吧，'他说，'听到你说的那些我的脑袋早就乱糟糟的了。''拜托了，'我说，'就讲一个关于金发碧眼女郎的笑话吧。难道还会发生什么更糟糕的事情吗？车里只有你和我，没人知道的。'可是他说：'不，我对天发誓，我做不到。'

"好吧，如果他做不到，那就做不到吧。于是我就不理他了。我把头靠在车窗上，想一路震震脑子，嗯嗯嗯，什么都不去想，不去感受，什么都没有，没有她，没有他，没有孤儿，是的，就这样。我一闭上眼睛，爸爸就跳出来了，此时他变成了突击队员，一瞬间都不让我停歇。到了周五，妈妈上早班，他早早地喊我起床，然后我们一起去花园里。我之前说过这事的，是吧？没说过？就是我们自己的，那个花园，就在屋子后面，很小的，也许三乘三米吧，我们所有的蔬菜都来自那里。我们裹着毯子坐着，他喝着咖啡，抽着烟和黑色的烟草卷，我半睡半醒的，差不多是靠在他身上了，连我自己都没意识到，他把饼干蘸蘸咖啡，然后喂给我吃，周围寂静无声。整幢房子的楼上住户都还睡着，没有人走动，我们俩几乎一言不发。"

他竖起一根手指，于是我们感受到了那份寂静。

"早上的这个时刻，他身体里还没有什么活力，我们看着晨曦中的飞鸟、蝴蝶和甲虫。我们还朝鸟儿撒饼干屑。他能发出鸟鸣声，你都难以相信这是人发出的口哨声。

"突然我听到司机说话了。'曾经有一场海难，只有一个人试图跳船，并且游泳逃脱。他游啊游，水花四溅，一直游，终于，当他彻底累垮时，挣扎地爬上了一座岛屿，发现他并非孤身一人，还有一条狗和一头山羊也竭力游了上来。'

"我半闭着眼睛，那个司机说着话，连嘴唇都没动，你几乎听不懂他在说什么。

"'一个星期过去了，两个星期过去了，岛上空空如也，没有其他人、其他动物，只有这家伙、那头山羊和那条狗。'

"司机听上去好像在讲笑话，可是又不是讲笑话的腔调。他说话时整个嘴巴肌肉拉伤了似的。

"'过了一个月，那家伙欲火中烧，浑身难受，他看看右边，又看看左边，不见半个女人，只有山羊。又过了一星期，那家伙再也受不了了，他要爆炸了。'

"这时我想：听好了，司机马上要讲黄色笑话了。该死的发生了什么？我把眼睛睁开了。讲笑话的那人整个身体伏在方向盘上，脸贴着挡风玻璃，严肃极了。我闭上眼睛。这里有某种东西我得好好理解一下，可是我哪里有精力去琢磨啊，于是我脑海里浮现了一幅画面，一个男人、一头山羊、一条狗，在一座岛上，他们在种一棵棕榈树，他们正在砸开一颗椰子，他们挂起吊床。还有折叠躺椅和沙滩球。

"'又过了一周，那家伙受不了了，于是他走到山羊跟前，把家伙掏了出来，可是突然那条狗站起身，噢——好像在说：小心了，老兄，别碰那山羊！好嘛，那人害怕了，收拢了家伙，一边想：到了晚上等那条狗睡了，我再行动。夜晚到了，狗打起了呼噜，那家伙悄悄地爬到山羊身旁。他刚要上去，狗像豹子一般猛扑过来，疯狂地大声叫着，眼睛充血，牙齿像匕首般锋利。于是那可怜的家伙，他又能怎样呢？就爬回去睡觉，睾丸胀痛，连眼皮都肿了。'"

杜瓦雷就这么说着，我朝周围的人看，朝女人看。我瞥了一眼那个高个子女人，她短短的头发光晕一般绕着她那雕琢得很精美的头颅。三年了，自从塔玛拉生病后，我表现得完全麻木不仁。我都怀疑女人多少能感觉到我身上发生了什么，并觉得那就是我很久都没有和任何女人调情的原因。

"你们得明白，我这辈子从没有听任何人讲过这样的笑话。他硬挤出每一个词，就像上帝不许他省略哪怕一个音节，否则会减损话语效果，从此吊销了他讲笑话的资格证。"

杜瓦雷模仿着司机，不漏过任何细节，他的整个身体在我们面前蜷缩着，好像正趴上一个无形的方向盘上。"'就这样又过了一天，再一天，一周，一个月过去了。每次当那家伙靠近山羊时，狗就会跳起来，嗷——'"

观众都露出了笑容，那个小个子女人咯咯笑着，一边把手捂住嘴。"嗷！"杜瓦雷又叫起来，只冲她一个人喊，这是之前"嗷"的变声。她爱听，像是被他瘙痒般乐不可支。他温柔地看着她。

"'一天，那家伙坐在那里绝望地看着大海，他突然看到远处出现了烟雾，那是另一条船正在沉没！有一个金发碧眼的女人从船上跳下来，她完全符合条件：一切恰到好处，够他消受的。那家伙毫不犹豫，立即跳入水中，一路游过去，来到金发女子身旁。她差点儿要淹死了，他抓住她，把她拖到岛上，让她躺在沙地上，她睁开眼睛，真是美极了，像个模特儿，她说道：我的英雄！我属于你了，你可以对我提任何要求！于是那家伙四下狐疑地看看，对着她的耳朵悄悄地说：听着，姑娘，你介意帮我拖住那条狗吗，就一分钟？'

"可是我，不，听着，内坦亚！"他甚至都不让大家畅快地笑，我们正要大笑一番呢。"我突然爆发出剧烈的笑声，是真的在卡车里高声笑，因为所有这些……我也不知道……因为我脑子里全是这个场景，两分钟内我根本没法思考下面会发生什么。大概这也是因为居然有比我年长的人给我讲这样的成人笑话，他让我有资格知晓内情。可是我脑子里很快又出现了新的想法，我想，难道这意味着那个司机觉得我早就是成年人了？也许我不想这么快就长大？

"可是问题在于我笑得眼泪都流下来了，真的，眼泪终于涌了出来，我希望它真能管点儿用。就在这乱糟糟的一切发生时，我开始觉得想想那个差点儿淹死的金发美女，还有那条狗和那头山羊还确实有用，它们仿佛就在我眼前，捧着椰子躺在吊床上，这总好过让我想起任何熟人来。

"可是那个司机，看得出他听到我疯狂地笑起来，他几乎要崩溃了，也许他吓坏了，觉得我精神失常了，可看到我听到笑话的反应他同时又觉得很开心，他怎么能不开心呢，于是他坐直身体，迅速舔了舔牙齿，他有这种怪癖，实际上他各种怪癖都有，直到今天我有时都会想起他，想到他不停地把墨镜在额上移来移去，或是用两根手指捏住鼻子，让它显得小一些。没等我消停，他又飞快地说起来，'本-古里安、纳赛尔还有赫鲁晓夫一起乘飞机，突然飞行员告知燃料不够了，可是飞机上只有一个降落伞……'"

"怎么说呢，那家伙可是个活生生的笑话大全，他对笑话的了解远远多于驾驶，这是肯定的。于是我想，我还在乎什么呢？就让他一路讲笑话直到贝尔谢巴好了，到了那里他们自然会告知真相，不得不说的，孤儿什么的到时候再说好了，至少这会儿我可以放松一下，就当被赦免了，我当时就是这种感觉，就好像被暂时缓刑了几分钟。"

杜瓦雷昂着头，久久地注视着我，一边点头。我想起来了，当我在电话里问他是否想让我裁决一下时，他吓坏了。

"他肯定也是这样的心情，那个司机。我想他也很高兴能继续讲笑话，一方面是因为我让他感到紧张，不过另一方面也因为他就是希望我感觉好受些。反正，此后他甚至都不歇一口气，一个笑话接着另一个地讲着，不停地把各种精彩的玩笑倒给我，实话说，大多数笑话我都记不起来了，可是有一些印象深刻，那些坐在吧台前的朋友，嗨，你们好！你们来自罗什艾因①，是吧？哦，抱歉，当然了，是佩塔提克瓦②，向你们致敬！他们至少已经陪了我十五年。干杯，棒小伙子！他们都知道其中有两三个笑话我每场表演都会讲到的，无论我需要与否，所以现在你们都知道它们来自哪里，比如那个笑话，关于一个养鹦鹉的人，而那只鸟不停地骂人？听着，你们会喜欢下面这个笑话的。自打他早上睁开眼睛的那一秒起，直到他睡觉，他露出了最多汁的——"

"怎么了？"他咬着嘴唇，"我弄砸了吗？不，等着，可别告诉我说这个笑话今晚我已经讲过了，是吗？"

大家一动不动地坐着，目光呆滞。

"你已经讲过那只鹦鹉的笑话了。"那个灵媒说道，但目光并没有对着他。

---

① 以色列中部一城市。
② 以色列中部一城市。

"不，是另外一只鹦鹉……"他咕哝着，"开玩笑的！心理测验啦！有时候我就喜欢考验一下观众，看看他们是否还清醒。你们合格了！你们真是了不起的观众！"他做着鬼脸，脸上又露出了恐慌的表情。"我讲到哪儿了？"

"讲到那个说笑话的家伙。"那个小个子女人说。

"这是药物反应。"他对她说道，然后从水瓶里猛吸了几口。

"是副作用，"她说，还是没朝他看，"我也有过的。"

"听好了，皮茨，"他说，"大伙注意了，我马上讲完了，再稍等一会儿，好吗？于是那司机不停地炮制笑话，竭尽所能地讲着，我的脑袋一团糟，什么牧师、拉比、妓女、割礼司肚子里唱歌的绵羊、那个碰巧和伐木工人换了背包的家伙，还有鹦鹉，我说的是第二只鹦鹉，这些都混在一起，加上当天所有疯狂的事情，我觉得自己睡着了。

"等我醒过来时，知道我看见啥了？我看见车子停在了某个地方，显然那里不是贝尔谢巴中央车站。只是一个院子，四周有小鸡咯咯叫着，狗儿们抓耳挠腮，鸽子都被关在笼子里，车子旁边站着一个瘦削的女人，头发乌黑浓密，她抱着一个还裹着尿布的干瘦的小孩。她就站在我那边的车窗边，直盯着我，好像在看一个双头怪兽。我脑袋里最先想到的东西就是：那女人脸上是啥东西？她涂的是啥玩意儿？我很快就意识到那是眼泪。她就这么任凭泪水直直地淌下来，而那个司机就站在她身旁，嘴里还吃着三明治，他看看我，说道：'早安，美国！这是我姐姐，她要和我们一起上路，你能相信她都没去过哭墙吗？不过我们首先得去你要去的地方，别担心。'

"怎么回事?!我这是在哪里,我怎么了,什么哭墙,这是在耶路撒冷!哪里是贝尔谢巴?我们怎么会来这里的?

"司机笑了,'你一半路上都没啥知觉,是我讲笑话把你哄睡着的。'那个女人说:'我不信,是你一直拿那些俏皮话折磨他吧,你这傻瓜!他这样了你还讲笑话,难道不觉得可耻吗?'

"她尽管流着眼泪,说话声音还真有点儿粗鲁、暴躁。司机对她说:'他睡着的时候我都在讲笑话,我可一秒钟都没停过。这可是一对一的盯人防守。好了,上车吧。'她带着那孩子,还有一个大包裹,坐在卡车的后排座位。'我们早就经过贝尔谢巴了,'他对我说,'我可不会让你独自上路的,孩子,我把你放在心上,我要全程送你回家,门对门服务。''拜托了,'他姐姐说道,'别再讲笑话了,也别看我,我得喂奶了。把那镜子移开,你这变态!'她从身后打了他一下,而我像个白痴似的坐着,一边想:他们干吗不让我开始孤儿生涯呢?干吗推延?难道这是某种信号,意味着我得做点儿什么吗?可是做什么呢?"

他慢慢地走到红色靠椅旁,倚在边上。你能看到,他破碎的眼镜片后面,目光是内省的。我替他扫视着整个现场,我们一共还有十五人留下来。几个女人正盯着他,目光遥远而集中,仿佛能透过他看到另一段时光。我基本不会看错这种目光:她们对他很熟悉,或者曾经很熟悉。我疑惑着,究竟是什么让她们今晚赶过来的。难道他也给她们一一打了邀请电话?或者,当他在此地表演时,她们总是来捧场?

我意识到画面里还缺了什么:那两个摩托车手的桌子空着。可我没看到他们离开。我猜,当他那一串连环拳出来后,他们大概觉得再也没啥好期盼的了。

"于是我面对着挡风玻璃就这么坐着，非常担心自己的目光会游移到后排座位去。我的意思是，至少她是坐在我后面的，而别的女人开始当众喂奶这种新事物……我是说，想想这种事，一点儿都不好笑，你就在这个女人边上，她一副很正常的样子，规规矩矩的，就像别人说的，她把孩子放在臀部的位置，根本不在意他在别人眼里已经是个八岁小孩了，他都有胡子了——"

他的声音听起来十分空洞，简直沉闷。

"——就这样你和她正聊着时事，讨论量子相对论，突然，她连眼皮都不眨地就从衣袖里掏出了奶子！货真价实的奶子！有产品认证的！而且她还把奶子塞进小孩的嘴里，一边继续和你聊着瑞士的电磁粒子加速器……"

他这是告别演出。我能感觉到，他明白自己这是最后一次讲这些笑话了。那个本来准备离开却又回来的姑娘，她把头靠在一只手上，茫然地看着他。她又是怎么回事呢？难道某场夜晚表演后她曾陪他回家过？或者，也许她是他五个子女中的一个，而这是她第一次听他讲故事？而那两个黑衣摩托车手，难道他们也和他有什么关系？

我记得他之前说的话，关于他过去常拿街上的行人来玩象棋。他们每个人都扮演着一个角色，哪怕他们本人压根不知道发生了什么。谁知道他此时此地正在玩什么复杂的象棋游戏呢？

"于是那姑娘，就是他姐姐就奶起了孩子，同时我听到她的一只手在自己包里翻找着什么，还对我说道：'我敢保证你一整天都没吃啥东西。把手递过来，孩子。'我把手伸到身后，她把一个包好的三明治放在我手里，又放了一个剥了壳、煮得过熟的鸡蛋，还有用报纸包起来的一小撮盐，那是配鸡蛋的。虽然她长相粗糙，她的手可真软。'吃吧，'她说，'他们怎么能什么都没让你带着就送你走了？'"

"我打开三明治，里面是诱人的、厚厚的蒜蓉腊肠，还有香辣番茄酱，我的嘴觉得火辣辣的，味道真不错，我立刻清醒过来，满血复活了。我把盐撒在鸡蛋上，两口就吞了下去。她什么都没说，又递给我一片美味的饼干，还从包里拿出了大号水瓶，我发誓，这女人就是玛丽·波平斯①，接着她又给了我一杯橘子汁。她是怎么用一只手做所有这些事情的，我也不知道，至于她又是如何同时奶着孩子，同时喂我吃东西的，我就更不清楚了。'饼干有点儿干，'她说，'你用橘子汁配着。'我一一照着她的话做。"

杜瓦雷的声音，这是怎么了？词汇含混难辨，可是最后几分钟里那声音又细又飘，简直像是孩子在说话。

"那个司机，她弟弟，他也往身后伸出手来，她把一片饼干放到他手掌上。接着他一次次地伸过手来。我觉得他这么做是想逗我笑，因为她不让他讲笑话。我们一路行驶，沉默无语。'饼干吃完了，'她说，'你可真馋，给他留几片吧。'可是他继续伸手，满嘴食物，一边还朝我眨眼睛，她拍了拍他的后脖颈，他喊起来'哎呦！'一边笑了。我父亲给我理完发，也这么拍我，对此我又是期待，又有点儿害怕。那是略有点儿猛的拍打，是在用蘸上须后水的棉球抹过之后。他是用手指尖拍的，然后在我耳边

---

① 小说《欢乐满人间》的女主人公，1964 年迪士尼公司出品了同名电影。

低语，这样其他顾客就听不到了，'剪得真帅，我的亲。'得换着想她了。关于她的好事。可是这会儿她又有啥用？能管用吗？我突然有点怕想到她了。我也不知道，她变得苍白起来。难道我做错了什么？我拼命想着她，可她就是不想出现。我用力拽着，用两只手拉她，我得把她也拉进我的脑海里。不能只有他，可别放弃！我朝她喊着。别放弃！我差点儿哭出来，对着车门蜷缩起身子，这样司机和他姐姐就看不到我了，感谢上帝，她来了，就坐在厨房里，在缝补一堆尼龙。我就坐在她身旁做作业，一切都很正常，她一针一针地勾着，每勾几针就停顿一下，有些恍惚，盯着前方看，不对着织物，也不对着我。她这是在想啥呢？我从不问的。我无数次地和她就这么单独相处，也从来不问。我知道什么呢？几乎什么都不知道。她的父母很有钱，这我是从爸爸那里得知的。她学习优秀，会弹钢琴，据说还提过要开独奏会，可也就到此为止了，二十岁时她经历了大屠杀，连续六个月一直待在同一节火车车厢里，真的。他们把她藏了半年，三个波兰火车技师把她藏在一节小车厢里，车子来来回回地在同一条轨道上行驶。他们轮流看着她；这事她对我讲过一次，当时她露出扭曲的笑容，我还是第一次看到。我当时肯定在十二岁上下，家里就我和她两个人，我给她表演，她突然制止我，一口气对我讲述了这整件事情，她的嘴角扭曲着，好几秒钟都恢复不过来，整个脸部都拧到了一边。六个月后他们觉得折腾够了，也不知怎么的，不知发生了什么，某个晴朗的日子，当他们抵达最后一站后，这些卑鄙的家伙就把她直接丢在了门房那里。

"还想听下去吗？"他问道，声音听来很紧张。有几个人点了点头。

"具体的次序我记不太真切了，脑子里很多事情搅在一起，比如，我总是听到他姐姐在后排座位上平静地自言自语'上帝保佑我们'，我就觉得他姐姐，她一路都在不停地思索着，拼命钻研着，她是在想我的问题，我也不知道究竟是什么。之前，当她站在卡车外面往里看时，我就看到她前额下面有两道幽黑的痕迹。当时我深陷在座位中，她是看不到我的。我能听到小孩在吃奶的声音，没吸吮几下他都像老头似的叹口气，很让我心烦。他们都在照顾他，保护他，满足他的需求，他干吗还叹息？接着，他姐姐很突兀地问道：'你爸爸，他做什么工作的？'

"'他开了家理发店，是合伙开的。'我也不知道自己为何要答复她。我真是个傻瓜。我差点儿要告诉她，说爸爸很爱开那个合伙人的玩笑，说那人爱上了我妈妈，还说爸爸就在合伙人鼻子底下拿着剪子耍宝，佯装要是他们俩被他当场逮住了，那可得小心了。

"'那你妈呢？'她问。

"'我妈怎么了？'我说道，当时我有点谨慎起来。

"'她也在理发店里工作？'

"'当然不是，她在技术援助管理处工作，分拣弹药。'突然，我觉得她像是在和我玩象棋，我们各自移动着，等着对方走下一步。

"'我以前都不知道技术援助管理处还有女人工作。'她说。

"'有的。'我回答。

"她没再说话，我也沉默了。接着她又问我要不要再来一片饼干，我想也许饼干也是她走的一步棋，我最好别拿，可我还是拿了一片，我立刻就意识到自己错了。虽然不知道原因，反正是错了。

"'都吃了吧。'她说，听起来很开心。我把饼干放在嘴里，咀嚼着，觉得想吐。

"'你有兄弟姐妹吗？'她问。

"顺便说一下，我们早已离开沙漠，现在是绿色田野，周围都是普通的车辆，是民用车，不是军车了。我凭着路标琢磨着还有多久能到达耶路撒冷，可是我对这些城际公路一无所知，甚至不知道究竟还有一小时、半小时，还是三个小时，我也不想问。三明治和鸡蛋，还有饼干，不断在我体内翻腾。

"给你们讲个笑话吧。"杜瓦雷此时恳求道，好像在说：我很想讲个笑话，就讲一个小笑话换换口味。可是分坐在不同桌子的两个女人几乎同时喊起来："继续讲那个故事吧。"她们彼此尴尬地对望着，其中一人斜瞥了一眼她丈夫。杜瓦雷叹息着，伸直了身体，指关节咯咯地扭动着，深吸一口气。

"接着他姐姐像没事人一样对我说道：'你和你爸爸关系怎样？你们相处得如何，你们两个人？'

"我记得胃里一下子翻江倒海起来，我立刻跳出了当时的场景：我不在场，我哪里都不在，我甚至哪里都不准去，你们都该明白的——暂停一下，让你们猜猜——我可有无数伎俩缺席的，缺席这种事我可是世界冠军级别的，可突然我一个伎俩也想不起来了。我真没开玩笑。以前他打我时，我会玩停止心跳的把戏，我可以一分钟只心跳二十到三十次，就像在冬眠，我一直想那样，这是我的梦想。你们会觉得这事很有趣，可是我还得练习把疼痛从被打的部位抹掉，移到身体的其他地方，得均匀等分，你们都明白的，合理平分资源。当他打我时，我就想象一队蚂蚁把我脸上或肚子上的疼痛搬走，就在几秒钟时间里这些蚂蚁要把疼痛分解压碎，再把这些渣子移到身体的其他部位，那些部位对疼痛都不太敏感。"

他微微地前后摇晃着身子，沉浸在叙述中。头顶的灯光仿佛将他罩在一层朦胧的纱幕里。可是当他再次睁开眼睛后，便长久地注视那个小个子女人，接着，他又故伎重演，把凝视移到了我这里，依然是同样有规则的手势，就像把火苗从一根蜡烛移到另一根上。我还是不理解他这么做是什么意思，他想让我从那女人这里得到什么，不过我觉得他需要得到我的某种认可，于是我用眼神向他表明，他、她、我之间连成了三角形，而我迟早会理解其中的关系。

"可是他姐姐和他很像，也不肯放弃。'我听不清楚，'她说着，一边把手放到我肩膀上，'你说什么？'我紧紧地抓着门把手。她把手放在我身上究竟是啥意思？这些问题到底要干吗？也许司机知道内情，他对她说了什么？我的脑子又开始超时运转：卡车停在他们家外面时，在他们叫醒我之前，我在车上到底睡了多久？她有足够时间做三明治，还把鸡蛋煮过了头，备好了饮料，那么也许他就在厨房里，站在她旁边，然后把一切都告诉了她？甚至那些我都不知道的事情？我又感到头晕恶心起来。如果我这会儿开车门，就能滚到公路上去，我会重重地摔在地上，不过此后我就能跑进田里，葬礼结束前他们都找不到我，于是一切都会过去，我就不必再做什么，反正又有谁说过我非得做点儿什么、我从哪里来的这种自己得承担一切的念头呢？'我们挺好的，'我对她说，'我们相处得不错，不过我和妈妈更好些。'

"别问我这些话怎么出来的，我之前从没对任何人说到过自己家里的这些事，从没说过，甚至对同学也没说，包括我最好的朋友，他们没听我讲过一个字，所以我到底怎么了，居然会对一个陌生人倾吐心声？还是对着一个我连名字都不知道的女人？再说了，她到底要干什么，和我待在一起，而且我跟她又不熟？我感觉糟糕透了。我的目光黯淡，开始思索起来，你们别笑，也许她的饼干里面有什么东西，能让人说话，就像警察问讯，一直到你坦白一切。"

他的脸上有梦游般的恐惧：他想起来了，想起了一切。

"那个司机对她平静地说：'别问他了，也许他这会儿不想说。''他当然想说，'她说，'这种时候你觉得他还会想说些什么呢？非洲的猴子吗？还是你的傻瓜笑话？对吧，孩子？你不想谈这些吧？'她靠过来，又把手搭在我肩膀上了，我闻到了一股熟悉的味道，可是说不清楚，是她身上的某种香水味，或者是那小孩的味道，我深深地吸了口气，然后回答说是的。

"'我说嘛。'她边说边狠狠地拽了一下他的耳朵，他喊了一声'哎哟！'然后拉拉耳朵，我记得自己当时想到，尽管这两人常常争执，可是看得出来是姐弟俩，我什么兄弟姐妹都没有，真是糟糕。整个过程中我脑子里还想着另一件事，即她知道另一个兄弟死了，而司机毫不知情，那她是怎么同时把两人都放在心里的？"

他停下来，看着那个小个子女人。她不停打哈欠，双手撑着脑袋，可是眼睛睁得大大的，她专注而有意地盯着他。他在舞台边坐下，双腿在边沿外晃动。鼻血凝结在他的嘴角和下巴，他的衣服上还有两道血迹。

"我突然什么都想起来了。今晚可真神奇啊，我要告诉你们，你们今天留下来还真是帮了我大忙。我突然回想起了一切，不是睡梦中的事情，它就像眼前发生的，就在这一刻。例如，我回忆起自己坐在卡车里，一边想着在到达目的地前我得像个动物，对人类的生活一无所知。就像猴子、鸵鸟或是苍蝇，完全听不懂人类语言，不理解人的行为。我一定不能思考。这会儿最重要的是谁都别想，什么东西或什么人都不需要。除了也许我会想到一些好事情。可现在又有什么算是好事情呢？对他有益的事情？或是对她？我实在太害怕，哪怕是犯一点点错误都不行。"

他竭力挤出点微笑来，上嘴唇很肿，话语越来越含混不清。

"我讲到哪里了……"他咕哝着，"到哪儿了……"

没人接茬，他叹口气，继续着。

"我突然有了个念头，开始想到那只溏心蛋。别这么看着我。很小的时候我受不了煮得半熟的溏心蛋，那流动的蛋黄让我反胃，可他们俩会生气，非得逼我吃下去，还说所有维他命都在那个部分，他们嚷嚷着，还会打我。一提到食品，顺便说一下，她打我就毫无迟疑了。最后，当他们发现一切都不管用，就会威胁我，说如果我不把鸡蛋吃下去，他们就离开家，再也不回来了。可是我还是不肯吃。于是他们就穿上外套，拿起钥匙，站在门口和我道别。我很害怕一个人留下来，可我还是不肯吃鸡蛋。我不知道哪来的勇气这么抗拒他们，而且我还申辩着，拖延时间，只想和他们没完没了地僵持下去，让他们一直站着对我劝说，可结果还

170

是老样子……"

他自顾自地笑着，身子好像蜷缩起来，双腿在空中晃荡。

"我就这么想着那只溏心蛋，也许这是该想的东西，就是它，一遍一遍又一遍，直到抵达目的地，就像电影有了皆大欢喜的结局。我恰好从后视镜里看到他姐姐眼里又噙满了泪水，她坐在那里默默地哭着。于是所有东西一下子真的涌了上来，腊肠、饼干，所有东西，我冲着司机喊快停下，快！我跳下车子，在前轮胎旁把肠子都要呕出来了。我把她给我吃的东西全吐了出来，不停地吐，越吐越多。我呕吐时妈妈总是会捧着我的头，而这还是我第一次独自呕吐。"

他轻轻地抚了一下前额。有几个男女观众也不时心烦意乱地用手抚自己的前额，包括我。全场陷入了一种异样的沉默，大家神思恍惚。我的手指摩挲着额头，这可不容易，我很少这样的。最近几年我持续掉头发，还不断长皱纹，到处沟壑纵横，就像有人在我额头内部文身，刻着直线、菱形和方形。塔玛拉看到了，准会说这是斗牛的前额。

"醒醒，快醒醒。"他说道，轻声唤醒大家。

"醒醒，我又回到卡车里。她递给我一块棉布尿片，让我擦擦脸。尿片是清洗过的，很好闻。我把它像绷带一样放在脸上"——他张开手指盖住脸——"这会儿轮到她了，她好久没出来了。都是关于她的好事情，全是好事情。例如她如何抹护手霜，家里到处是那个味道，她修长的手指，她思考和阅读时是如何抚摸自己脸颊的，还有她总是两手交叠着，你都看不到交叠处究竟在哪里。她在我旁边总是格外小心翼翼，我从来数不清楚她究竟有六处还是七处伤疤。有时候是六处，有时是七处。接着又轮到他了。不，又是她登场，她更急迫些。她不停地消失，褪去了所有颜色。通体苍白，仿佛身体毫无血色，好像她已经放弃了，也许对我彻底失望了，因为我没有使劲儿想她。我为啥没使劲儿想呢？为什么想起她会那么难呢？我也想回忆的，我当然想了，使劲儿啊——"

他停了下来，挺直脑袋，脸上露出痛苦的表情，一片阴影像是从他体内慢慢浮现，从他脸上拂过，还把他的嘴撑得很大，吸着气，然后又褪去了。此时我内心的一个想法渐渐成形：我想让他读一下自己准备描述的当晚情形。我想让他有时间来阅读，我希望当他讲到这里时能看一看这段话。我希望，不知为何我自己都弄不明白是怎么回事，也并不相信它，可我就是希望自己写下的这段话此时此地能产生某种意义。

"可是接下来想到的就是她总是让我感到尴尬……"他咕哝着，"总是大吵大闹的，夜里一直尖叫，在窗口哭泣，直到周围邻居全被她吵醒。我之前没对你们说过这些，可是这些事情得包括在内的，在最后做出判断前必须考虑在内，我很小的时候就开始考虑这些事了：比如她在家的时候对我表现得最好，那是当她和我单独待在公寓时，只有我和她，我们聊天，我表演，还有那些书，她常常把里面的波兰语翻译出来讲给我听。她还给我读卡夫卡写给儿童的书籍，还有读关于奥德修斯和拉斯柯尔尼科夫 [①]……"他温柔地笑着，"睡觉前她还会给我讲汉斯·卡斯托普 [②]，马贩子科

---

① 陀思妥耶夫斯基小说《罪与罚》中的人物。
② 托马斯·曼小说《魔山》中的主人公。

尔哈斯①，还有阿廖沙②的故事，都是我最喜欢的，她把这些改编成适合我这个年纪听的东西，也许她也没有改，改编并非她的强项，不过她一走到外面，事态就复杂困难得多，她一靠近大门或窗户，我就警觉起来，我真的能听到心跳声，还有可怕的压力，就在我的腹部——"

他把手放在腹部，这个小小的动作里有一种渴望的感觉。

"我能说些什么呢，我的脑袋都快被他们俩撑爆了，两个人一起，还有她，因为突然她终于把我唤醒，就好像她意识到自己的时间快要不够了，我们马上要到达了，这是她最后一次机会来对我施加影响，于是她开始喊起来，央求着，提醒我各种事情。我都记不得究竟是什么了，然后他又提出了更多事情，每次她提到一件事，他就会跳出来再加上两件，她在一头拽我，他就在另一头拽着，我们越是靠近耶路撒冷，他们就变得越发疯狂。"

"把他们堵回去，堵回去，"他急切焦虑地喃喃道，"把我身上所有的洞眼都堵上。如果我闭上眼睛，他们就会从我耳朵里钻进来，如果我闭上嘴，他们就从我鼻子里出来。他们推搡着，喊叫着，要把我逼疯了，就像孩子一般，他们朝我高喊，他们哭喊着——我，我，我，选我吧！"

他的话语几乎听不清楚了。我站起身，走到更靠近舞台的桌子旁。这么近距离看他有些怪异，因为当他一下子抬起头来时，聚光灯造成了一种视觉错误，那个五十七岁的老男孩从十四岁的老男人身上投射出来。

---

① 德国作家克莱斯特《马贩子科尔哈斯》中的主人公。
② 可能是高尔基《童年》中的人物。

"然后，突然，我发誓，这不是幻觉，我分明听到那个小孩对着我耳朵说话。可是这根本不像是婴儿的话，不，他就像我这个年龄，甚至更年长些，他对我说话，就是这样的姿态，非常深思熟虑：'你现在真的要下决定了，孩子，因为我们马上要到了。'于是我想：我不可能真听到了这番话。我祈求上帝，希望司机和他姐姐没听到。我甚至都不该有这样的想法，这样想上帝会打死你的。接着我开始喊起来：'拜托您让他闭嘴吧！早该让他闭嘴了！'接着一切安静下来，司机和他姐姐什么都没说，好像很怕我，而那个孩子又叫了一声，不过是很平常的婴儿叫声。"

他从长颈瓶里又喝了一口，然后把瓶子翻过来，有几滴落到了地板上。他示意约阿夫，后者苦着脸走到舞台上，拿起一瓶猫牌葡萄酒把瓶子再次灌满。杜瓦雷让他再多倒一点儿。吧台边坐着的那一小群人是从佩塔提克瓦来的，是他多年的粉丝，他们趁他不注意也溜走了。我不知道他有否注意到。一个穿着汗衫的黑皮肤男人从厨房里出来，斜靠在空空的吧台边，点起了一根烟。这个间歇，那个戴细边眼镜的银发女人朝我看。我们的眼神交汇了，还持续了挺长时间，让人诧异。

"朋友们，你们知道我今晚为什么要讲这个故事吗？我们是怎么讲起来的？"他呼吸沉重，脸上泛着异样的潮红，"很快就结束了，别着急，我都看到希望之光了。"

他拿掉眼镜，朝我看看。我相信他是在提醒我他之前的疑问：即一个人情不自禁流露出来的东西。他希望我告诉他答案。很难用言语表述，我发现，而这必然是此事的关键。他用眼神问着：难道你依然觉得人人都知道？我点点头：是的。他又固执地问：

那他本人知道吗，这关于他的唯一一件事是什么吗？我心里想：是的，是的，他内心深处是知道的。

"那司机把我送到了罗梅玛的家，可是当我走下卡车时，一个邻居冲着车窗喊：'杜瓦雷，你在这里干吗？赶紧去扫罗山，也许还来得及！'于是我们又匆匆地从罗梅玛赶到扫罗山，来到墓地，那里并不远，大概十五分钟车程。我们疯狂行驶，还闯了红灯。我记得车里很安静。没有人说话，而我——"

他停住了，深深地吸了口气。

"在我心里，在我幽暗的心里，我开始盘算起来。就是这样，是时间盘算一下了，哪怕我的计算能力再烂再糟糕。"

他又停了下来，简直越陷越深。

等他再次浮上来时，他显得局促而紧张。

"讨厌鬼，这就是我，你也记得的，写下来吧，阁下，等到判决时把这也算在内吧。没错，你们这些家伙现在看着我，看到的是一个好人，一个快乐的老家伙，一个搞笑的人，可是我，自打那天起，直到今天，我一直是个差不多十四岁大小的讨厌鬼，内心就是堆臭狗屎，就这么坐在卡车里糟糕透顶地盘算着，而这也是我此生最烂、最扭曲的盘算。你们不会相信我究竟是怎么盘算的。那几分钟时间里，从我家到墓地的途中，我想到了那些最最渺小、肮脏的东西。我把他们俩和我们全部的生活加在一起，整合进一个小账户。"

他的脸就像被人用机械手绞扭过一般。"要我说真话吗？在那之前我甚至都不知道自己原来名副其实就是个狗娘养的。我没意识到自己内心居然如此肮脏龌龊，我彻头彻尾就是臭狗屎，我也因此明白什么才是人，而人到底值多少。几分钟时间里，我完全领悟了，明白了，我计算着，半秒钟时间里我的脑子就在运算，加上这个，减去那个，再减掉那个，再减一次，就是它，这就是生活，它不会停止，永远不会停止。"

他的双手相互攥着，交缠着。在一片沉默中，我强迫自己用力回忆，至少猜想一下，当时我在哪里，当天下午四点时，就在那辆军用卡车赶到墓地时。也许我正好随着队伍从射击场返回，也许我们正在阅兵场上练习走方阵。我得想想那天早些时候发生了什么，临近中午，当时我看到他背着背包从帐篷里出来，接着就跟着军士训练官走到卡车那里。我为什么没有站起身朝他跑去？我应该跑过去的，陪他一起走到卡车那里，问问他发生了什么。我是他的朋友，不是吗？

"那个司机简直在飞，他的整个身体都压在方向盘上，苍白得像鬼魂。我们旁边车子里的人都看着我，路上的人们也看着我。我觉得他们都知道我们要去哪里，知道我心里在想什么。他们怎么知道的？我自己都不明白，当然不可能什么都明白的，因为整个过程中我一直在计算，每隔几秒我又会想起某样东西来，然后就把它算进那可恶的账单里，我那个'挑选'过程，右、左、左、左……"

他抱歉地咯咯笑着，用手止住了不停颤抖的脑袋。

"无论如何，我反正是搞不懂街上这些人是怎么知道我要干吗的，我自己都不晓得，他们又是怎么知道我是臭狗屎的。我记得车子经过一个老家伙时，他还朝着路边啐了一口；当司机停下来向一个留着鬈发的宗教人士怎么去扫罗山时，那人还真的从我身旁跑开了；还有一个女人和她年幼的儿子一起走着，她还把小男孩的脑袋扭开，不让他看我。这些都是征兆。

"我记得，前往墓地的途中，那个司机看都没看我一眼，脸也没有冲我哪怕转过一点点。他姐姐简直像消失了一般，我连她的呼吸声都没听到。那个小孩也是。也许小孩子太安静了，我开始怀疑发生了什么事，觉得没准自己做了什么，否则大家为何会如此表现呢？

"因为我意识到，从家里直到此地，甚至是从自己离开贝尔奥拉之后，在最后一段车程中，发生了一件很糟糕的事情，可究竟是什么呢？到底发生了什么？大家想从我这里得到什么呢？我的意思是，这只是各种想法，它们在我脑子里嗡嗡地盘旋，而想法是不会导致所发生的事情的，谁都没法控制想法的，你们也制止不了自己的大脑，或是命令它只能想这个或那个，对吧？"

全场很安静，他并没有抬头看我们。

就好像他依然很害怕答案。

"我就是弄不明白，就是不懂，可是我没有任何人可以问。我很孤单，所有这些想法最后在我脑子里汇集成了一个新的念头：肯定是这么回事，肯定早就发生了。我早已做出判断了。"

他抬起手臂，又放下，然后又向两旁伸展，像是在寻找某种呼吸方式。他没有看我，不过此时我能感觉到，这或许是今晚最明显的一次，我觉得他是在央求我看着他。

"关键是，我不知道它到底是怎么发生的。我无法准确说出自己曾认为会在哪里发生。我飞快地追溯自己的想法，我发誓我真这么做的，真的，可是不管怎样，又有啥用呢？我最后怎么会这

177

么决定？整个过程中我脑子里尽是完全不同的事情，我的一生都尽是不同的事情，可是此时我连想都没想，谁他妈的还会对这些事情想上两遍呢？"他的声音变成了一种惊恐的尖叫，"可现在就这么突然？我干吗在最后时刻来了个大逆转，决定要彻底背逆自己真正想要的事情呢？为什么一辈子会在一秒钟里突然翻转，就是因为一个愚蠢小孩的胡思乱想呢……"

他跌坐在扶手椅里。

"这些时刻，"他低语着，"整个车程，还有所有这些该死的计算……"他慢慢地翻转双手，端详着自己的手掌，好像一辈子的好奇都集中在那上面。"太肮脏了，太污秽了……老天，肮脏污秽都渗进了我的骨髓里……"

假如我在他上卡车离开前就站起身跑到他身旁，那该多好。哪怕当时还正在上训练课，哪怕军士陪着他，没准还会训斥我，哪怕我毫不怀疑——我想当时我也这么认定的——其他人会在此后的露营过程中一直取笑我，他们会拿我当出气筒，拿我来替代他。

他双手抱住头，手指压着太阳穴。我不知道他此刻在想些什么，不过我从满地沙石的院子里起身，跑向他。我能清晰地回忆起那条路线。小路两旁都是石灰白的石头，阅兵场上挂着旗帜，还有那些巨大的军用帐篷和营房。军士冲我喊着，威胁着，我才不听他的。我来到杜瓦雷身旁，陪他一起走。他看到我了，继续走着，身子被背包压着。他很震惊，我伸出手碰碰他的肩膀，他停下来，盯着我。也许他竭力想弄明白，这一切发生之后，我到底想干吗。此时我们俩之间是怎么回事？我问他：怎么了？他们要带你去哪里？他耸耸肩，看看军士训练官，问他怎么回事。于是军士训练官回答了他。

如果他没有回答，我就再一次问杜瓦雷。

他会再问军士训练官。

我们就一直这样问，直到他作出回答。

"有时候我觉得这肮脏的盘算至今也没有从我的血液里往外冒出来，它做不到的。怎么可能呢？这种肮脏……"他想找一个合适的词汇，他的手指在空中挤压着什么，"它是有放射性的，没错，这是我个人的切尔诺贝利。短短一瞬就能延续一辈子，依然在污染着我要靠近的一切东西，每一个我触碰的人。"

全场一片安静。

"还有结婚的对象，还有生下的孩子。"

我转过身子，看了看那个方才想走却留下来的姑娘。她正掩面哭泣，双肩抖动着。

"说下去。"一个满头卷发的高大女人低语道。

他冲着那个声音望去，眼神迷离，一边疲倦地点着头。直到此时我才意识到一件无比重要的事：一整夜，他居然连提都没有提一下我当时也在营地，和他在一起。他没有出卖我。

"还有什么可说的。我们来到了扫罗山，那地方是一个传送带，就像工厂，每小时三场葬礼，嘭——嘭——嘭，你哪里找得到该是哪一个？我们把车子停在路旁，司机姐姐和孩子留在卡车

179

里，我和司机下车，在那里到处疯跑。

"别忘了这还是我第一次参加葬礼，我都不知道该往哪里看，要看啥，那个死去的人应该在哪里，他突然会从哪里过来，他到底是掩盖起来的，还是能被我看到。我看到人们三五成群地站着，占据不同的地方，我都不知道他们在等什么，由谁负责，我们该干吗。

"然后我就看到这个红头发的保加利亚人了，我知道他是和我爸爸一起干活的，专门提供乳液和洗发水，他身旁的女人是在技术援助管理处工作的，是值班经理，我妈妈最怕她了，他们身后不远处的是西尔维乌，他是爸爸的拍档，手里还拿着一束花。

"我对司机说就是这里了，他站住了，离开我一点儿距离，好像说了'坚强点儿，孩子'。事实上，要和他告别很困难，我甚至不知道他的名字。如果他今晚恰好也在场，拜托能举一下手吗？我要请他喝一杯，好吧？"

从他紧张、固执的表情看，他似乎真觉得有这个可能。

"你在吗？"他哼着鼻子说道，"你在吗，我正义、幽默的哥们儿，是你一路给我讲笑话，还拿笑话人赛来骗我。刚才我琢磨了一下。我清点了一下，你们知道的，试着解答疑问。我四下打听，作了一番询问，我还上网搜索，查询和《巴马哈内》有关的各种旧闻，可就是没有这种事情，从没有过，军队里没有笑话大赛，他为我捏造了这一切，这个狡猾的小丑。他是想缓和僵局。你在哪里，善良的好人？

"别走，别放开我的手。那个司机走回了卡车，我走到了那群人中间。我记得自己当时走得很慢，就像踩在碎玻璃上面，可是目光四下扫视。我看到一位邻居，她常常和我们发生争执，因为我们晒出来的那些破布总是会滴湿她洗好的衣服，此时她正在现场。还有那个医生，每次爸爸血压高时他就为他拔火罐，妈妈村里的那个女人也在，她常送来波兰语的书籍，此外还有那个家伙，哦，那个女人也来了。

"那里大概有二十来个人，我都不知道我们还认识这么多人。邻居们几乎不和我们谈话。也许他们是从理发店过来的？我也不知道。我没有走近他们，我没找到他，也没看到她。接着有几个人看到我了，他们指着我低语着。我把背包从背上卸下来，我已经没有力气再背负什么了。"

他抱住了自己的身体。

"突然一个留着黑色扫把胡子、来自圣会的高个家伙冲我走过来，说道：'你就是那个孤儿吗？你就是格林斯坦家的孤儿吗？你去哪儿了？我们一直在等你！'他拽住我的手，很用力，好像要扼住什么，拉着我一起走，一边将一顶硬纸板做的圆顶小帽戴在我头上——"

杜瓦雷这时一直盯住我，我竭尽所能将自己所拥有的一切、哪怕是不曾拥有的一切都统统交给了他。

"他把我拽到了那个石头房子前，带我走了进去。我什么都不看，闭着眼睛。我想妈妈或爸爸也许会在那里，等着我。我好像听到有人喊我名字，是她的声音，也许是他的。可是我又什么都没听到。我睁开眼睛，他们不在。只有一个宗教人士挽着袖子、拿着铁铲在房间的一边跑过。那个大胡子拽着我走过房间，又穿过另一道门。我来到了一个更小一些的房间，房间一侧有很大的水槽，还有一个水桶，几条毛巾或湿漉漉的床单。那里有一个长型的手推车，车里放着一捆东西，用白布裹着，我这才明白那是什么：里面是个人。那家伙对我说：'请求宽恕吧。'可是我——"

杜瓦雷的头垂到了胸部，他紧紧地抱住自己。

"我一动不动，于是他在后面用手指戳戳我的肩膀：'请求宽恕吧。'我说：'向谁请求？'我没有朝那个方向看，除了脑海里突然有了一个想法，即这捆东西其实并不长，也许不是她——不是她！也许我只是吓坏了，是我的念头在作祟。接着我就感到一种从未有过的喜悦，之前或此后都没再有过。那是一种狂喜，就像我自己从死亡中被拯救过来。他又推推我的肩膀：'说啊，请求宽恕。'于是我又问：'可是向谁请求？'接着就要真相大白了，他不再催促我，问道：'你不知道？'我说不知道。于是他抓狂了：'他们没有告诉你？'我又说'没有'。他俯下身子，和我一般高，两人面对面，他平静而温柔地说：'你妈妈就在这里。'

"这时我想起了什么呢？我想起……真的，我但愿自己没想起那么多，也许还能在脑子里留点空间想其他事情。那个从圣会来的家伙很快把我带回大房间，我方才在外面看到的人此时都聚集在房间里，当我走进去时，人群分开了，我看到爸爸靠在他拍档的肩膀上，他几乎站不住了，像个婴儿似的倚靠在西尔维乌身上，甚至都没看到我。于是我想……我想到了什么呢……"

他深深地吸了口气，气息之深远远超出了他身体所能承受的限度。

"我觉得自己应该走过去抱住他。可是我动不了，我根本无法与他视线相对。我身后的人说道：'去啊，到你爸爸那里去，快去，珈底什尔①，你得去念祷文。'而西尔维乌正对他耳语说我到了，他抬起头来，眼睛瞪得很大，像看到了救世主一般。他从西尔维乌身旁走开，张开双臂摇晃着向我冲过来，一边喊着，叫着她和我的名字。他看上去突然衰老了，当着众人的面用意第绪语哀号着，说现在就我们俩相依为命了，为何灾难降临到我们头上，怎么这么不公平，我们从没伤害过任何人啊。我没有动，也没有朝他迎上一步。我只是看着他的脸，心想他可真傻，怎么就不明白这么做很可能适得其反，失之毫厘谬以千里啊。我还想：如果这会儿他抱住我，哪怕只是触碰我，我都会揍他，我会杀了他，我真会的，我啥都做得出来，真的说到做到，我的身体迅速倒立过来。我猛地往上翻，用手撑地，圆顶小帽落在地上，我听到大家的呼吸声，周围安静下来。

"我跑开了，他在后面追我，他还是不明白，用意第绪语冲我喊着站住，回来，可是一切都是倒过来的，我能从下面看到大家都让开了，于是我穿梭而过，夺门而去，没人敢拦我。他在我身后追着，大喊大叫，直到在门口停住。我也停了下来，就在停车场，我们就这么对视着，以彼此不同的方式看着对方，接着我就真的发现，原来失去了她之后，他一文不名，原来他生命中所有的能量都来自于她。就在这一瞬间，他一下子变得渺小了。

"他看着我，我看到他的双眼慢慢闭起来，心里很清楚地知道此时他开始领悟了，我也不知道这是为什么，可是他在这种事情上有着动物的本能。这你说服不了我的。就在一刹那，他领悟

---

① 以色列人习惯上以此称呼要在礼拜或为死者祷告时唱赞美诗的男孩子。

了我一路上想的所有事情，包括我那些可恶的盘算。他瞬间就从我的脸上读懂了一切。他举起双手，我想，不，我能肯定，他在诅咒我。因为从他嘴里出来的是一声呐喊，我还从未从他人身上听到过这样的喊声。那声音听起来就像我已经杀了他。就在这时，我倒了下来，双手扣了起来，平躺在柏油地面上。

"停车场的人都看着我们。我不知道他对我说了什么，是怎样的咒骂，也许都是我脑子里想的，可是我看到了他的表情，能感受到那是极为憎恶的咒骂，当时我还没意识到这咒骂会影响我一生，可事实如此，无论我走到哪里，逃到何方，都摆脱不了。

"听着：这念头还是第一次在我脑子里出现，即我也许没有弄懂一些事，他是真的打算替她去死。只要是关于她，他是没有半点儿盘算的。他是真的爱她。"

他一瘸一拐地走。"嗯，当然了……"他呢喃着，片刻间声音越来越微弱。

"然后他用手对我示意，他放弃了，转过身，走了回去，继续参加葬礼，而我则站起身，跑着穿过人群和车辆，这时我才明白，就这样了，我不会回家，家已经向我关闭了。"

他慢慢地把长颈瓶放到脚边，头向前低垂，就像当初刚讲故事时的姿态。

"可我又能去哪里呢？又有谁会等着我呢？第一晚我是在学校地下室里度过的，第二晚是在犹太会堂的储藏室，第三晚我双腿夹着尾巴爬回了家。他为我开的门，什么话都没说。他像往常一样为我做了晚饭，可是没有说话，既没对我说，也没对自己说话。"

杜瓦雷站直身子，他的头在细细的脖子上晃动着。

"就这样，在她离开后我们的生活就这样开始了。我和他的，就我们俩。不过这还得再等一晚。我现在有点儿累了，不想再动了。"

一分钟过去了，又过了一分钟。经理左看看，右看看，清清嗓子，双手拍着肥硕的大腿，站起身，开始叠椅子。人们也站起身，静静地离场，彼此眼神毫无交流。不时地有女人对杜瓦雷微微地点头，他面无表情。那个高个子银发女人靠近舞台，对他鞠了一躬。她朝外走，经过我时，把一张折起来的纸放在我的桌子上。我看到她泪涟涟的眼角出现了笑纹。

此时只有三个人留了下来。那个小个子女人双手紧拽着自己的红色手提包，她站在椅子边，身子的重量压在一条腿上。她体形娇小，简直就是迷你版的欧律克勒亚。她等着，满怀期待地看着他。他慢慢从之前的状态恢复过来，看着她，微笑着。

"晚安，皮茨，"他说，"别待在这里，也别走着回家。这地方不好。约阿夫！"他冲着大厅喊道，"给她叫辆出租车！我要是还有剩下的钱，就从上面扣掉好了。"

她没动，扎根似的一直站着。

他步履沉重地从台上走下来，站到她面前。他甚至比之前台上的更矮小，倚过身来，很老派地、带着骑士风度地吻了吻她的面颊，然后退后一步。她还是没动，踮着脚站着，眼睛闭上了，整个身子朝他靠拢过去。他又接近了些，吻在她的嘴唇上。

"谢谢你，皮茨，"他说，"感谢你做的一切，你自己都不明白。"

"不用谢。"她带着就事论事的严肃口吻说道,但是脸颊绯红,小鸟般的胸脯鼓胀着。她转身,略有些跛地离开了,因为由衷的欣喜,嘴角抿出了笑容。

此时夜总会里只剩下我和他两人了。我们面对面站着,我一只手搭在桌子边沿,很快就坐了下来,尽量不让自己庞大的身躯使他感到焦虑。

"现在我判处你溺水死刑!"他说道,引用着卡夫卡小说中父亲对儿子说的话,一边拿起长颈瓶,将最后一点儿酒从头顶往下浇。有几滴还溅到了我身上。那个皮肤黝黑、穿汗衫的男人正在厨房洗盘子,一边引吭高歌"随它去吧"。

"你还能再留一分钟吗?"他用力晃动胳膊,像是要把自己撑回到舞台边,坐在边沿。

"哪怕一小时也行啊。"

"你不赶着回家?"

"我不赶着回任何地方。"

"只是,你知道……"他无力地微笑着,"只是要等肾上腺素降下来。"

他的脑袋耷拉在胸口,像是坐着就睡过去了。

突然塔玛拉出现了,就在我们身旁。我能感受到她在的气场,不禁屏住了呼吸。我感受着她,都能听到她对我耳语,说着我俩喜爱的费尔南多·佩索阿的诗句:"保持完整,就能生存。"

杜瓦雷晃动了一下,清醒过来,他睁开眼睛,瞳孔适应着周围光线,过了大约一分钟光景。"我刚才看到你在记什么东西。"他说。

"我是觉得自己该努力写下点儿什么。"

"真的吗？"他展开了笑容。

"等我写好了，就给你看。"

"看来还有一些内容没写。"他尴尬地笑起来。

"就像撒木屑子，你明白的……"

"真滑稽，"过了一会儿他说道，一边拍着手上的灰尘，"我可不是怀旧的人……谁都不想。"

这让我惊讶，不过我什么都没说。

"不过今晚，我也不知道……也许是她死后第一次……"他的一根手指抚着放在舞台上的那副眼镜，"有时候我真的会觉得她……不像我妈妈，我的意思是，只是像一个普通人，还活在世上的普通人。爸爸在她走后差不多又活了三十年，你知道吗？最后几年是我照顾他的。至少他是在家里去世的，我陪着。"

"你是说就在罗梅玛？"

他耸耸肩，"我从来没走远过。"

我仿佛看到他和他父亲在客厅里擦肩而过，时光像尘土般湮没了他们。

"我送你回家好吗？"我提议道。

他想了想，又耸耸肩。"如果你坚持要送的话。"

"那就准备走吧，"我说，一边站起身，"我在外面等你。"

"等一下，别急，再坐一会儿，再多当我一秒钟的观众。"

他挺起胸膛，双手合拢在嘴边，像对着扩音喇叭喊道："表演结束，恺撒利亚！"他就这么在台边冲我热情洋溢地笑着，"这就是我能给你的一切，杜瓦雷今天的表演彻底结束了，明天也不会有了。一切都结束了。出门时小心点儿，留心那些招待和保安。我听说出口处交通很拥堵。晚安，各位。"

"格格不入"的渗透

（译后记）

英国当地时间二〇一七年六月十四日晚，大卫·格罗斯曼的《一匹马走进酒吧》（*A Horse Walks into a Bar*）从一百三十六部作品中脱颖而出，获得了二〇一七年度布克国际文学奖，小说的英译者杰西卡·科恩（Jessica Cohen）也因此获奖。这部作品以奇幻独特的叙述结构，通过主人公杜瓦雷，一个过气喜剧演员在酒吧的一次夜场脱口秀表演，讲述了一段交织个人、家庭、民族的悲喜剧。杜瓦雷邀请了童年的伙伴、退休的资深法官"我"观看整场表演，小说便以"我"的第一人称叙述旁观并渐入情节，展开深入彼此的一段回忆，并旁观不同观众对其荒谬叙述、插科打诨、童年回忆的各异反应，在不断推进的悬念中直至情感高潮，演出孤单落幕。小说的巨大张力在于以诙谐幽默的表象揭示荒诞悲情的生存本质，让读者在笑声中流泪，在真正意义上洗涤净化麻木蒙尘的灵魂。

格罗斯曼的作品我有幸在十年的间隔中翻译了两部，每一次都纠结于匠心独具的书名。前一部作品是《证之于：爱》（*See Under: Love*），其实"see under"指的是"参阅词条"，以词典

189

编纂的形式将有关于"爱"的互文交织于整部作品，魔幻地展现了以色列犹太民族战后的生活和心理。这部作品英文书名是"A Horse Walks into a Bar"，可作家在故事里对书名中的那匹马只是寥寥几句，一带而过，并没有着力强调马匹的意象，读者稍不留意就会忽略。直到翻译结束，我凝神思索，才有了自己解读诠释的领悟：一匹马走进酒吧，这个表述最直接来自书中的那位军用卡车司机，他受命负责将当时在营地军训的少年杜瓦雷送往耶路撒冷参加葬礼，但是整个过程中，司机和杜瓦雷都并不知道具体发生了什么，究竟是谁去世了。在信息有限的悬念中，读者的好奇也被激发，和人物一样自觉巨大的悲伤即将降临，可是一切尚未水落石出。于是好心的司机编织了不少荒诞的谎言一路哄骗杜瓦雷，自称要参加全军讲笑话竞赛，便讲了一些笑话以示证明，用司机自己的话来说，就是"要笑死人"的笑话："我每次讲，都不得不暂停一下，否则会笑岔气的，因为这样会被取消资格。一匹马走进了一家酒吧，问酒吧招待要了一杯金星牌啤酒。招待就给它倒了一品脱，马喝完酒，又要喝威士忌，再喝完，它说要龙舌兰，然后又喝了。它再喝伏特加，接着是啤酒……"

这是全书唯一一处与书名相关的叙述，前后的相关性甚少，只留给我们无限延宕的反思。这匹进入了酒吧的马就像赶赴葬礼途中的笑话一般，不合时宜，十分怪异尴尬，也像小说本身一样，看似整场喜剧表演，实质在笑声的反衬中让人类的悲剧更显现其悲怆的本质。这匹马也是杜瓦雷的隐喻，经历了各种生活悲剧的他却要从事喜剧演员的事业，在引发他人的爆笑和喜悦中维持一家人的生计，这其中的荒诞怪异和格格不入的特征，让人印象尤

190

为深刻。

若说全书中还有一处与马匹略有关联的，就是少年杜瓦雷瑰丽奇幻的想象。好奇而耽于幻想，同时也在幻想中逃避现实痛苦的杜瓦雷爱上了用手倒立行走，以此"拯救我自己"，可是在父亲的责骂和纠正下，他不得不用脚走路。某日杜瓦雷突发奇想，想到了象棋棋盘，于是他故意一会儿走对角线的象步，一会儿走直线的车步，一会儿走马步，并自觉通过这种游戏式的想象，假设周围的人们都在与他玩象棋，而人们居然不自觉地扮演着各自的角色，整条街都成了他的棋盘……他也由此精神胜利地逃避了被周围孩子欺凌的困境。

这样的游戏思维，也许就是创伤后民族或群体得以生存的策略，也是作家所要揭示的普遍隐喻：人类在本质意义上都一样，分担着同样的历史文化记忆，有着类似的亲情友情爱情体验，欢喜悲忧交织共存。在诙谐幽默中大笑，在悲剧中流泪哀痛，在各种人际关系中沟通思想与情绪，而一旦体验了马走进酒吧的尴尬错位，就像面对生存境遇中的错愕和格格不入，以及存在主义式的连环晕眩与无从选择，生发出境由心生、艺术永恒的深意。

其实我们也可以这样想，这部小说的创作也是一次马匹走入酒吧的冒险：人们会作出何种反应？如此大胆的尝试是否令人震惊？震惊之后又会有什么？狂欢式的酒醉和晕眩意味着什么？是否虚构和魔幻比现实更为真实？

在整个翻译过程中，身为译者我的情绪始终被作家巧妙嵌入的悬念推动，几度陷入难以自拔，不断起伏，小说的长篇叙述只是短短的一场脱口秀表演，其中具体到每个细节的表演叙述，看似冗长，其实跌宕起伏，戏剧反讽，喜剧的表象下蕴藏着本质的悲痛，大屠杀之后的心理创伤和集体无意识渗透在字里行间，令人叹为观止。这是一本我迄今细读过的最奇特的作品之一。与我此前翻译的格罗斯曼的《证之于：爱》有着异曲同工之妙。

大卫·格罗斯曼出生并生活于耶路撒冷，是以色列当代最重要的作家之一，创作了多部畅销小说、非虚构作品，以及儿童文学作品，书籍被译成三十六种不同的文字，作品曾刊载于《纽约客》。他斩获过无数奖项，其中包括法国艺术与文学勋章、德国布克斯胡德青少年图书奖、德国书业和平奖，等等，并获得过多次诺贝尔文学奖提名，此次他获得布克国际文学奖并不太出人意料，评委们一致认为"这部极具吸引力的沉思录与那些形塑我们生活的对立力量有关——幽默与伤感，失落与希望，残忍与同情，它展现了即使在最为黑暗的时刻，我们是如何找到继续前行的勇气的"。身为用希伯来语创作的作家，格罗斯曼也是一位左翼和平斗士，他的不少作品聚焦巴以冲突，同时以童年记忆、大屠杀、亲情与爱打动人心。他的第一部长篇小说《羔羊的微笑》(*The Smile of the Lamb*, 1983）揭示了一九六七年巴以六日战争中的道德和存在困惑，一九八六年的《证之于：爱》则充分展现了格罗斯曼极具创新意义的写作才华，被学界中人认为是开创了以色列的魔幻现实主义。他将想象力发挥极致，以前所未有的方式展现了大屠杀，引领读者以文学想象的形式亲历现场，感受历史，并以奇幻的互文交织来反讽揭示语言词汇的建构和解构特征，小说中的四个部分以截然不同的风格，贯穿意识流、自然主义、魔幻现实主义等手法，组合成为后现代文学创作、创伤批评、幽灵批评的典型研究案例。他本人曾谈及有四位作家对他的文学创作产生了一定的影响，他们分别为卡夫卡、海因里希·波尔、托马斯·曼、弗吉尼亚·伍尔夫，而读者也多少能从他的文字中感受到这些微妙的联系。

格罗斯曼其他的长篇作品，如《锯齿形的孩子》(*The Zigzag Kid*，1994)、《亲密文法之书》(*The Book of Intimate Grammar*，1991)、《做我的刀》(*Be My Knife*，1998) 等，都有着格罗斯曼独特奇幻的创作风格。不过，文学技巧背后的思想才是作品真正精彩的关键。在作家创作的历史背景中，以色列的土地冲突、移民问题，以及政治危机等依然困扰着民众。因此，作家执笔时必然会怀着忧国之情，会密切关注以色列的现实生活及犹太人的生存命运，竭力以独特的笔触探讨人类的正义与公正问题。

其实在翻译过程中，《一匹马走进酒吧》给我的另一个深刻感受是关于母亲的叙述。格罗斯曼笔下的母亲历来受到学界的关注，因为以色列犹太母亲形象就像生活在战乱和创伤危机中的民族隐喻。正如有学者曾言："以色列犹太母亲，以及母亲的文化身份带有悖反的矛盾因素：一方面犹太母亲意味着亲密、养育、关爱、谦卑和宠溺；另一方面她们又必须为捍卫民族而武装自我。"小说中杜瓦雷的母亲是大屠杀的幸存者，身心带有创伤烙印，可她又是儿子真正的灵魂慰藉者，能宽容接受甚至欣赏儿子所有的奇思幻想和乖戾性情。然而，在她的家庭和社会的角色调整中，母亲不堪重负，最终唯有抹杀自我的存在来解决这一格格不入的痛苦。她的尴尬和不适，也像一匹马走进酒吧般荒诞不堪。无论在场或缺席，母亲都给儿子带来了深远重大的影响。

通过细读，我一直充分感受到作家所言的创作小说的至高喜悦，即在叙述过程中生命的完整性。这种因为叙述而生的完整，同样适用于脱口秀，以诙谐叙述维持生计的杜瓦雷。口述渐入佳境，痛感和快感并存，表演者起初和间或的讨好观众最终让位于发乎本能的诉说之瘾，痛苦和欣悦都在诉说中越发清晰鲜明。格罗斯曼本人也曾经在访谈中坦言，他逐渐理解自己为何写作，"最能捕获和吸引我的主题就是个人和无常的外部事件，政府、大屠杀、机器、人体之间的冲突。个体能够在无常面前补偿和重新定义自我。对于我而言，每一部作品就是一部分答案。"

由此看，我们应该释然格罗斯曼作品中看似离题散乱的思绪和话题，因为他的目的是要这些偶发而散漫的元素与个体生命产生碰撞冲突，从而来寻求补偿和答案。可以想见，格罗斯曼本人性格内向，唯有在家中的书桌前才感觉自在，却要感同身受地描述一个人的夜场脱口秀，这是多大的反差。然而，这场延绵不断的叙述，尽管其中穿插着观众的各种诸如不适、愤怒、失望、羞辱、放弃、期待、同情等反应，却交织混响了作家所能预见的所有解读回应，好像其中有深藏的格罗斯曼自身的潜台词：好也罢，坏也罢，悲也好，喜也好，我们就是这样用话语来表达自我，尤其是深入意识的痛苦和回忆，这是我们经受磨难的方式，赎回失落的途径，也是我们有勇气再次回到现实的力量。诚然，小说中的"我"就在这一晚经历了记忆被叙述唤回、麻木灵魂逐渐觉醒的过程。

格罗斯曼关注以色列社会的核心心理运作体系，在他的诸多作品中，大屠杀的创伤记忆造成了人与人之间的信任危机，人们害怕将希望和信任寄托在自身之外的任何他人身上，这种难以言说的苦痛贯穿整场脱口秀，表演者杜瓦雷与观众，他和童年伙伴"我"，他与父母，与邻里及同学均难以产生信任的徒劳感遍及作品，然后就在这样的徒劳绝望中，杜瓦雷通过喜剧表演做出的不妥协姿态令人动容，他明知不可为而为之的堂吉诃德式斗争仿佛在悄然融化坚冰，捍卫着人性光芒战胜仇恨的恒久精神。因此，在他的叙述中，开车的司机、司机的姐姐，以及那些不断用荒诞方式为杜瓦雷缓解痛苦和绝望的人，最终会让观众和读者在笑声中流泪感动，在曲终人散时有勇气面对当下和未来。

张　琼

致　谢

感谢英译者杰西卡·科恩为本书译者解答了作品中部分希伯来语、意第绪语、阿拉伯语词汇及相关历史文化背景的问题。